INK

文學叢書

156

航海家的臉

夏曼・藍波安◎著

目次

輯二

原初的相遇

輯三

蘭嶼，原始豐饒的島嶼？

【自序】游牧的身體

或許是在我部落南邊面海的海平線上經常出現由東向西，或是由西向東航行的不知名的大船吧，像是幽靈般的神祕忽隱忽現在我兒時肉眼目視到的距離，我非常的難以理解自己，對這些大船行駛在海上的吸引力，它們莫名的掐住我當時清純的心靈到未知的世界神遊，是造成我靈魂游牧的元兇，在我的想像，原來蘭嶼島以外還有更大的世界，遠離蘭嶼就成了兒時的第一個願望。

於此同時，我孩提時期的歲月在每年的飛魚汛期，在部落灘頭遊蕩，等待那些釣鬼頭刀魚的船隊回航，我以爲那些傳統拼板船舟的流線美在建造初時，彷彿他的命運即注定接受海洋律動，浪濤風聲的淬煉，這些眼前的眞實影像，如父祖輩們素樸的氣宇，在大海上無怨言的承受炎熱陽光直射的疼痛，令我感動又敬佩。當海上男人魚獲滿載時，婦女們的喜悅好像勝過仙女的微笑，孕育了我從小熱愛沒有現代性的苦惱，嚮往拼板船忽隱忽現在浪濤下的生活模式。因此，兩者在我成長的遠近視角的距離及腦海記憶，相互角力，令我從小心神難定，可以說是我的痛苦，注定了自己的命格游牧在現代性與傳統性，與尋找與回歸之間「自討苦吃」。

在這兩種相異的想像空間，以及眞實的現實生活中遊走，那種游牧的心靈悄悄的問自己，我在「尋找」什麼？海平線上的商船影子，最終抵達到它卸貨的碼頭時，船長按下鳴笛的氣囊，笛聲的意義其實是航海的旅程還沒有結束；就像與家人因爲沒錢的理由常常爭吵的劇本重複上映一樣，沒有結束的帷幕。「回歸」，如在波濤上划著自己建造的拼板船，頂著西南季節的風浪與烈日，追蹤鬼頭刀魚的精靈，像古早人深埋陽剛的傲氣，彷彿重拾了古早人原初經濟的生產技能，雖然這是最讓我興奮得益的職業，但這種向大海學習智慧的職業卻是沒有一份薪水袋的工作。在起伏的人生劇情，我的性格定格成雙線的，是揮之不去的「現代性」的苦惱，還有不再回頭卻嚮往優雅的「傳統」生活。

肉體先前的靈魂（先父）經常以族人古老的俚語叮嚀我說：「peiveivunongen o vazay no maka veivuw a Ta-u。」（成熟男人的心靈應均衡分享給海〔抓魚〕陸〔栽種根莖植物〕，生活的體驗才能平衡，才不會落人口舌。）

大女兒高中畢業後，好幾次跟我說：「爸，你的肉體撕裂給我們（現代），爲我們賺很少的錢，你的精神卻接受爺爺奶奶（傳統）的思維價值宰制，那些是許多你同輩的族人已經放棄的生活節奏，感覺你好累，好累啊！老爸。」

我游牧的身體在這兩種不同的生活節奏、相異的價值觀翻來覆去的適應，或被逼去盲從，過程中我是浪漫的而非積極的，是沒有規劃的，所以更多的個人命運律動的境遇是隨著經常拐彎的都會街道，恆常變換的浪濤情緒裡孤獨啃嚼其中的酸苦。我以爲「尋找與回歸」是一首沒有結局的藍調樂曲。於是，女兒的話，成爲我現今經常短暫療癒自己懸盪在「商船與拼板船」漩渦裡的催眠曲，最終每當我醒過來，海浪依然不會告訴我選擇哪一邊的生活是安逸的，優雅的，或是有品質的。

寫這篇自序的前兩天，強勁的西南風忽然轉換成溫柔而涼爽的北風，即刻感受小島天候的瞬息萬變，我獨自坐在今年四月中才建造好的拼板船邊，觀察潮水退去他凶悍的外衣表層，同時也等待是否有族人出海捕飛魚。海浪的表面，海洋的風呈現他寧靜的面相，月光穿過稀疏的雲層，放射出她慣有的柔光，天空因而變換成灰濛濛的淡藍，似是展開胸懷迎接浪漫的男人出海的儀式。午夜依然沒有人出海，我扛著捕飛魚的魚網往部落灘頭走，孩子們的母親語氣和藹的問我，說：「有男人出海捕飛魚嗎？」我回道：「飛魚季節男人是屬於海洋，屬於飛魚的。」但是我心裡想著，我根本不在意是否有人出海。也許我沒有回答她的問題，但我理解，她已經深入了傳統達悟婦女的思維，所以也就不會脫口說些要我在海上小心的話。此時，孩子們的母親角色接續了父母親生前扮演我在「傳統性與現代性」之間的仲裁者，但她常常像是瞬息萬變的海洋，裁決於她心情的好與不好，許多不經意發生的事件在於「傳統性與現代性」間，混淆了我們原初核心的判斷準繩，令我疲於對話。

在海上，我已經忘了孩子們的母親說的話，但不忘記我們共同生活二十多年來始終如一的，屬於她的終結的定論（在我的民族多數人皆是如此的）：「你要虔誠的禱告，上帝才會給你飛魚、才會給你前途。」這種一神論者的思維，對後來改宗西方宗教信仰的人來說，起碼是一種他人的祝福與自我祈願的儀式，是一件好事。一般知識分子都理解，人類社群自從「宗教（家）人與科學（家）人」建立他們的論述以來，從上層階級到下層階級的大大小小的、隱性的、顯明的戰爭是未曾停止片刻的，元兇或許是神學論或科學論所謂的「主體性」，糾纏在理性與非理性的爭論；他者成爲次要的，次等的，甚至於是邪教。而，如我這類「自然主義者」，被歸類爲「亂教」。

我沉默的坐在我心愛的拼板船內，靜靜的期待飛魚衝進網目的消息，期待的過程裡，我的船，我的飛魚網隨著因月亮引力變換的潮水流動，月光下我旋轉三百六十度的環視四周的海面，我看不見一艘船舟，那股孤獨的喜悅即刻鑽入心脈，喜悅的是我像神經病患者沉迷於熟悉的水世界，流動的波浪浪紋在月的弱光下時明時暗，好似在做嘲笑我這個笨蛋的儀式。ㄘㄚ……，ㄘㄚ……我插入海裡返航時的划槳聲，我說：「海神，謝謝你給我飛魚，謝謝你給我生存的智慧。」這一丁點的「智慧」就是我們達悟人的生活哲學，從自然界的原初食物只採集適量的。上了岸已是凌晨過了四點，我刮除飛魚鱗片的同時，我暗笑在心頭，是因爲專家學者說：「這是達悟人生態保育的觀念。」他們的說詞，我稱之：「溫室裡冰冷的知識。」另一派的人說：「飛魚是達悟人吸取蛋白質主要來源。」其實他們說的應該是正確的。我暗笑在心頭，是因爲他們體會不到從我們生活的自然環境裡借來的智慧，這個「智慧」就是達悟人仍在延續的活的文化。

假如有智慧的人問我說：「你作爲一個達悟人，你最感到驕傲的是什麼？」我會毫不猶豫的說：「蘭嶼的達悟人不僅沒有爲地球製造垃圾，同時也永續人類原初的文化智慧。」至少人口多的民族不是一個好現象，某個角度甚至於是一種「垃圾」，是胡亂消耗地球自然資源的元兇。其次，我生活在蘭嶼，在傳統與現代並行的同時，我的民族如同其他世界各地曾經被西方世界殖民的部族一樣，面對全球化、現代化的困擾，轉型中許多數不清的在萌芽，在迅逝等等的，從作家的視野來說，這些就是我的文學場域。

我已經好幾年沒有新書了，這次很感恩於印刻出版社樂意出版敝人這些年來創作的稿子。收錄在這本《航海家的臉》的文稿的核心軸線，就是達悟人在「傳統與現代」並行時的故事。這個自序以第一人稱自述，聰明的、有思維的讀者，那個第一人稱就是我島上民族的集體的感觸，你是理解的。

在這裡非常感謝我的孩子們，還有他們的媽媽始終原諒我游牧的身體漂泊在外，但願一波波的浪是我給他們不滅的愛，以及獻給眞愛我的讀者，朋友，謝謝你們的支持與鼓勵。

輯一

航海家的臉

二〇〇五年六月到七月，從印尼的蘇拉維西島航海到新幾內亞途中，這是我在海上睡覺的床。

上圖：第一次參與國際性的環太平洋航海冒險活動，與來自日本、印尼的航海家合作，實現我航海的夢想。
下圖：右二是我的大伯，另類型的航海家，以及我兩個依然是單身漢的堂哥。

在飛魚季節裡，男人是屬
於海洋，屬於飛魚的。

這一位正在處理鬼頭刀魚的人，
是我敬佩的朗島部落的朋友。

航海家的臉

念台東中學二年上，就是在一九七四年的十一月的某天，肉體先前的靈魂①身體消瘦的突然出現在台東，我念書寄宿②的宿舍大門外。彼時，我正熱衷於打籃球，與幾位山地同學在毛毛雨下的籃球場上鬥牛。也許是我家住蘭嶼的緣故吧！所以對於大門出現人影，我是不曾認眞的用肉眼注意過前來院裡外找的人，潛意識裡，總是認爲不可能有親人前來這兒找我。

那位老人的眼神左望右看院內的場景，像是宵小似的推開大門後，提著黑色方形的皮箱走向院內的左邊，而後用手拍掉石頭上的落葉，便心有所思的坐了下來。眼神凝望院內四周，好似在想著「這是什麼地方」的樣子。老人神情黯然，一臉漠然樣，手掌握著一紙信封，正在懷疑此地是否是「監獄」之錯愕感，就如我居住的部落邊的眞實監獄，周圍也被圍牆鐵絲網圈欄一樣。老人懷疑他的獨子怎麼會住在似是「監獄」的地方。老人面對籃球場往他的左手邊觀看，眼睛在屋頂面海的十字架上停頓，一會兒後自動的在臉上畫上十字的天主教儀式，又順著十字架下的球場，掃描正在毛毛雨下打籃球的幾位山地同學的身上。老人從黑色的方形皮箱裡取出毛巾，動作緩慢的把臉上的水分、鹽分擦拭掉，揉揉凹陷的眼睛後，便把毛巾披蓋在微禿的頭上遮毛毛雨，並抖一抖尼龍外套上的雨水，再繼續的掃描球場上正熱著打球的山地青少年們的身影。

我一位一四八公分高的布農族同學看著老人的表情好奇的走過去，並幫他看看信的地址是否正確。

老人，扳開手中用漢字寫的信封給他看。

久久之後，那位一四八公分高的同學，有張清純的、憨厚的，坦白說，是白雪洗面乳洗不白的臉對我高分貝的喊叫，說：

「嘿！『李海風』（我以前的名字），這個老人好像在找你呢？有你的名字，老人的手指一直指著你呢！一直指著你呢！」

「我！」我指著我的臉，「對啦……！對啦……！快點啦。」他再次喊叫的說。

我驚嚇，怎麼會有人找我？我緩緩的走向老人坐著的地方，不可能有人找我，我心裡如此想，但不知道是什麼原因，我的心跳漸漸的加速了起來，好似波浪宣洩前隆起的浪頭。我的臉部向左傾斜注視這位「外找」的不速之客。噢！好像是我的父親，極力反對我來台東念書的爸爸。

Si Nozai ka?

「你是Nozai嗎？」老人有氣無力的說，茫然的眼神，失去熱情的臉，嘴角微微的蠕動，內心的疑惑好似賭注壓在「是」的這一端，壓在希望的這一頭。當然，他說達悟語可以確定是我的父親。

老人不敢確定我是「海風」。因爲我離開父母親時，身高約是一三八公分，體重三十四公斤。彼時，我身高已經一七〇公分左右，體重至少也有六十七公斤。

Si Nozai ka?「你是Nozai嗎？」老人雙唇呈暗紫色再次的質問，他扒下頭上的毛巾，擦去溢出的鼻涕及眼角的水，捶著胸膛很痛苦的咳出幾道殘弱的嗽聲。

我不敢確定他是我的「父親」。因爲他太瘦了，面頰完全消瘦，眼球深陷泛紅，鼻孔不時的溢出涕液，頭也禿了，看他十隻手指只剩外皮包骨頭，完全不是我離開他時的壯碩，及炯炯有力的航海家的臉。

Nowun, Si Nozai ko.「是的，我是Nozai。」父親面黃消瘦而慌恐的雙眼，終於露出安穩的眼神，很欣慰的扒下頭上的毛巾擦掉興奮溢出的眼眸淚水，頓時好似被仙女[3]恩賜有活力活下去的臉，露出了人樣的微笑。

Oh……anak ko, anak ko……

「噢……我的孩子，我的……孩子。」像一道長長的冷咻咻的海風，一道荒涼感很重的尾音刺進我的心脈，像駭浪衝岸後退位的把我打球的熱度吸走，即刻陷入在父親蒼涼的神情漩渦裡。那封信是我寫給小妹子的信，說我人在台東念書很平安等等的。

Nowun, Si Nozai ko.「是的，我是Nozai。」我滴落的淚訴說我一年半載沒見過父親的深情表現。父親打開黑色的方形皮箱，把我的信摺起來放進箱子內的口袋。我瞄了一眼箱子內的東西，除了一條毛巾外，還有一隻舊式的黑色塑膠框，雙眼玻璃製成的當時族人最爲先進的潛水水鏡，以及媽媽編織的一條丁字褲，眞是空洞無物如父親沒進食的腸胃。

Ka ni makongo ya.「你究竟怎麼啦！」我說。

Ko masaboy so kata-u ta-u.「我的肉體被海水沾濕了（生病了）。④」

父親說是爲了掙錢給我在台東念書的生活費，不讓我的肚皮經常處於退潮（飢餓），所以跟部落的年輕人去了東沙島潛水採集紅藻。

Oh……anak ko, anak ko.「噢……我的孩子，我的孩子。」父親「噢」淒涼的驚嘆尾音，是感嘆自己生病見獨子，而不是他慣有的航海臉。父親嘴角在蠕動像是嬰孩驚恐哭泣前的樣子，此翻開了我在蘭嶼國三時的記憶圖像。

那是我達悟人釣鬼頭刀魚的月份，一九七三年五月初的星期天。我和我的堂哥，也是我的同學坐在最靠近灘頭人家的涼台上觀望釣鬼頭刀魚回航的船隊，那是我們生活在蘭嶼的小男孩最大的樂趣。天候非常惡劣，不僅下著很大的雨，同時西南風浪也非常的強勁，因此出海釣鬼頭刀魚的男人只有六個單人船出海，其中有四條船是我家族的，我父親三兄弟，以及他們少了一個靈魂的姊夫。他們同時回來，在離岸邊約是六、七十公尺的海上徘徊，每道波浪的幅度二至三公尺，西南的強風夾雜著滂沱大雨，與波峰上的浪沫同時侵襲岸邊觀望的人潮。我和兩個堂哥站在持著拐杖的小祖父邊，小祖父暗黑的全身頂著風雨鹹海注視著他那些姪子。轟——轟——，是巨大的浪頭宣洩撞擊沙岸的震動聲，浪頭宣洩撞擊沙岸的重量壓力足以解構爸爸們的單人船。岸邊觀望的耆老，或蹲或站著淋雨，無一不握緊拳頭替那些巨浪上的男人緊張，說：

「那些沒有靈魂⑤的人是誰！」

「就是三兄弟以及他們沒有靈魂的姊夫。」

「眞是，沒有靈魂的男人。」我聽在耳裡，樂在心坎族人對於爸爸們的讚嘆。四條船並排的順著波浪的推力逐漸推向岸邊，雙槳展開平衡船身，遠眺煞似海上順著波峰波谷的氣流低空滑翔的飛魚，忽隱忽現在濃密的海霧波峰與強風豪雨下的波谷，小祖父命令我和兩個堂哥下到駭浪波及的灘頭上迎接爸爸們，且用力的說：

「注意駭浪衝岸的推力與退回的拉力。」

轟——轟——的震動聲掐住了我們三人在灘頭驚恐的心靈，小祖父的小兒子，我們的精神導師洛馬比克也跑到灘頭迎接他年輕氣旺的堂哥們，讓我們心安很多。我們忽然聽見，Ta⋯⋯p、Ta⋯⋯p爸爸們激勵自己用力划向岸上的怒吼聲，怒吼聲不斷的重複吼叫，刺激了岸上觀望人潮的情緒，Ta⋯⋯p的怒吼聲像一把銳利的匕首切斷了巨浪懾人的震動聲，父親們早已算準第六、第七道波浪退位的引力是最弱的，然而接著的浪頭並沒有因爲他們驚天的吼叫而停歇片刻。Ta⋯⋯p、Ta⋯⋯p，船首即刻切破退位的浪頭，假如他們不立刻衝上灘頭的話，第九道豐滿的巨浪鐵定會分解船隻的，於是爸爸們同時抓緊浪潮退位的緩衝期，八根木槳從部落往下俯瞰煞似被海中掠食群追逐飛魚驚恐的低空展翼凌飛的衝刺景象，在浪頭宣洩龍捲的潮間帶，就在船隻即將被蕩下的那一剎那，他們同時的從船內跳躍出來，人卻隱沒在浪頭坍塌逆時翻轉的漩渦裡，被太陽漆黑的身體從漩渦退洩的銀白浪沫裡冒出，但手掌依舊扶著船邊，並藉著宣洩龍捲衝岸的波浪力道抬起船首快跑，「蠻力十足的原始人」，我看在眼裡，就在這個時候部落裡的年輕人發揮海人愛，衝入灘頭一氣呵成的把四條船隻抬到安全的馬鞍藤邊。一會兒後，父親們呼——呼——是「蠻力十足的原始人」再生的呼吸吼聲，三位兄弟、沒有靈魂的姊夫同時道謝下到灘頭幫忙抬船的族人，而後回頭凝望眼前一波又一波的巨浪，眼神彷彿在傳遞著流動在體內對海洋敬畏的儀式，胸肌不停的抖動，鹹鹹的海水從他們頭頂沿著身體上的肌肉線條順流的滴落在腳底上的沙灘。父親握緊我的左手，一手抬著一尾鬼頭刀，我感觸到父親在跳動的心脈，我掃描父親們驍勇堅定的航海臉，混濁的眼眸，就像在敘述我民族的祖先在海上航海被淹埋的歷史軼事。

當豪雨海風在夜色降臨繼續發威時，三兄弟回到他們的叔父，我小祖父的家團聚說故事，我因爲愛聽小祖父說故事而跟著父親走。小祖父的家是達悟人傳統的地下屋，小祖母燃燒乾柴，讓柴光溫熱家屋，象徵驅趕前來探聽消息的惡靈，她慈祥的面容紋溝好似螺螄在水芋田留下的爬行痕跡，顯明又井然，很親切地問候她的姪兒們。

Ayoi , ta mita-u kampa do marahet a kakawan ya.

「感恩，你們還釣到人（指鬼頭刀魚），在如此惡劣的礁石（指天候海浪）。」

Isarei mo mokaminan ta, aro dang o ngoso mo an.

「姨媽，妳高興雀躍，遺憾妳沒有很多的嘴巴（口福）（鬼頭刀魚是男人吃的魚）。」大伯尊敬的回道。

小祖父過後咳了一聲，揭開了身爲長輩聽晚輩敘述個人在海上「經歷」的劇情。

傳統家屋乾柴燃燒的火光照明我原始人前輩們的半邊臉，神情喜悅並散發出讓我敬仰的原初生產者的特質氣宇，三兄弟裡，父親的脾氣比較剛烈易怒，但敘述「經歷」的故事劇情，其表演欲望相對的精采，所以「聽眾」很容易被他吸引，進入他口述裡繪製的情境圖像，感覺就像一部電影的畫面。

當我們走出培質院後，父親水土不服的身體，垂著頭走在我後頭，我不時地回頭凝望，但他已數日未進食顯得格外疲憊脆弱，似乎沒有多餘的呼吸力氣說話，問他要不要吃東西，答案都是搖頭。記憶裡航海家「蠻力十足的原始人」的臉譜，此刻像是連根被拔除的榕樹正在耗盡體內的水分，我於是攔了一輛計程車，從台東市直奔住在長濱的，與外省人私奔的姊姊家。

父親一坐上車便不時的咳嗽，我於是坐在司機邊的座位讓父親在後座側躺的睡。他把方形皮箱當枕頭用，尼龍外套緊緊的裹著身體，毛巾披蓋頭顱與雙眼，乍看宛如是被太陽日射久了之後的蝸牛，把鬚角縮進殼內，只張開如初三的月形的縫隙呼吸。我看在眼裡，眼眸不由自主的流出淚來。爸，你是怎麼啦！我想在心中。

「孩子，我是從白色的島嶼（東沙群島）來的，那兒的鬼是厲鬼，縱然我的靈魂如何驍勇的與它們對抗，無奈它是孤立的，孩子，我於是變成這個虛弱的樣子。」說完便昏睡了過去。

父親醒來的時候，我與姊姊站在父親身邊，凝視著他失去氣宇的航海臉，姊姊問我，說：

「爸爸，怎麼變成這個樣子？」「爸爸的靈魂被東沙群島的厲鬼瞧不起。」我疑惑的說。

爸爸醒來問說：「我現在在哪兒？」「長濱衛生所。」我說。

「我長孫的媽媽（指我姊姊），我想吃地瓜。」父親央求姊姊，而我繼續的凝視著躺在病床上的父親，也注視著葡萄糖有節奏的滴進父親手腕上顯明的黑色血管，我父子倆緩緩地溫熱了起來，像是等待海平線上夕陽西沉的水手們，眼眸漆上水藍色，在金黃色的夕陽領航下順著親子黑潮返航。

原載《中時人間副刊》，二〇〇六年六月二十八日
入選二〇〇六年「九歌」年度散文選

註

① 肉體先前的靈魂：達悟人平日談天在討論到已往生的父母親時，以這句話表現對前輩親人的尊呼，現今達悟人依然習慣把這句話掛在舌尖。

② 台東市天主教培質院：培質院接收台東縣境內念東中住在偏遠地方的學生。光復後蘭嶼原住民（山地同胞）來台念書的學生，由天主教蘭嶼教區的神父募款義務資助我們的學雜費用，筆者幸運趕上那一波，但自蘭中第六屆畢業後，包括念大學專科的學生，蘭嶼教區的神父就不再爲我們募款（停止贊助），所以在筆者念淡江大學時完全靠自己完成學業。自此縱然有些達悟小孩考上高中，在沒有金錢奧援之下，只有放棄一途。

③ 仙女：達悟人的靈觀信仰，人的生命、命運掌控在仙女手中，而非天神。

④ Masaboy so kolit：肉體經常被海水（或是水）沾濕，意思是：被病魔纏身。另外說辭是，軟弱多病的人，經常受傷之意。

⑤ 沒有靈魂意指勇敢的，膽識超人之意。

祖先原初的禮物

我肉體先前的靈魂（先父）與大伯的靈魂消耗了他們這一生勞動的能量之後，望著波波海浪成爲他們翻閱記憶的書籤，就在那個時候我回到部落，於是貫穿他們往日勞動的意義與目的成了教育我這類他們眼中「浪子」唯一的財富。他們送給我的座右銘「勞動的同時，就是詩歌創作的最佳動力」當時這句話放在自己接受異文化教育過程中，我是很難體會到其中的內涵。其次，肉體先前的靈魂們說話的語氣，眼神放射出艱難言喻的沉著特質，令我深深的體悟到，他們言表裡散發出對生存環境的種種賦予文化的解釋時，多了朦朧的神祕，就像月亮放射的柔光給部落的族人許多藍色的神祕感受，既眞實又朦朧，彷彿在他們海洋思維的核心是，出生、勞動，而後死亡，讓後人選擇記憶他們走過的路，游過的海。換言之，部落耆老被尊重，是因爲他們被太陽曬的時間、游的海都比晚輩長，傳統上，記憶與涵養兼備的耆老就是晚輩們 panavohan so cireng[1]。

當下島上的部落耆老依然熟悉以飛魚漁撈文化為重心的傳統勞動的節奏與栽培根莖植物的次序，可是幸運可以活到八十來歲的部落耆老與六十來歲的族人，以放在酒桌上的素養作為初步的評量的話，說話的語氣音貝與沉著特質的美感，六十來歲以下的族人好似血氣方剛的年輕人賣弄半瓶酒的能量，依據被太陽曬的時間長短對晚輩瞎掰說教，好使較晚見到太陽的後人明瞭他自己的「酒瓶深度」，頻頻的在馬路邊即興創作詩歌吟唱，於是部落裡優質的詩歌吟唱，漸漸消耗了貫穿在人與詩歌融合為一體的質感。當下族人在酒桌上的「高談闊論」迅速取代了人在自然環境下孕育出的謙虛，叔父形容說，差了三個硬石[2]的核仁[3]；中文白話文的解釋是，差了三個海底大氣壓的涵養、雅量。如今我敬愛的兩個老人家在去年與前年相繼結束了被太陽曬的時間，留下我獨自一人坐在他們三兄弟壯年歲月開墾的水芋田田埂望海時，記憶過濾了他們走過的路，游過的海，划船過的航道，像是春初的小米幼苗在適當的濕度與氣溫紛紛穿破土壤的縫隙漸日吸納初春的晨光似的。

我並不知道自己在三十歲過後選擇回家的歸島路是為了什麼，只是淺淺的體會到穿梭在都會生活時不時的被囤積精神與肉體內在的疲勞，潛意識裡彷彿開始在排斥日光燈多於陽光、霓虹燈多於星星的生活，看著小孩的天真開始消耗在街頭巷尾的狹窄，想著應該給他們一個開放而安全的成長空間，以及眼看逐漸增加的族人移居到都會外圍的陋屋，在大街小巷高樓大廈出賣原初的勞力的同時，下一代少了快樂，多了苦惱。彼時，腦海裡浮現出數不清的對兒時過去的圖像記憶，正在阻擋著自己繼續苟活在大都市，內心是充滿了矛盾與不解的困惑，比宣洩的波浪浪沫更為複雜，兒時最愛的如魔幻似的霓虹燈，彼時在我眼裡已是繼續盲目的壞胚子，比彩雲的艷麗更令我摸不著，苟活在都會不如賴活在部落，給自己恢復元氣的機會，我如是思考。最終帶著疲勞與接近歇斯底里的憂鬱症回到原來出生的小島，給父母親治療皮肉的外傷，以及精神內在皸裂的傷痕。

回家後，島嶼的寧靜如冬天的天空，如夏天的夕陽在我體內注入清新的養分，在秋天某個寒氣甚濃的早晨，父親邀我跟他吃早餐，那是一頓不能再簡單的達悟人早餐。父親在傳統婦女專用的木製盤放上七八隻我腳拇指般小的螃蟹，以及數粒如兩個大拇指合併的芋頭，陶碗裡是混濁的、淡黃色的螃蟹湯。媽媽似是慚愧的笑臉看看我，嘴裡一左一右嚼著芋頭，露出長期吃檳榔如木炭色的牙齒，說：「你父親的骨頭已經硬了，在礁石上已經不可以奔跑了，但是依然抓些螃蟹回來給你吃。」這一頓最簡單的早餐我吃出了原初食物貫穿在體內的養分，也吃出了食物裡運轉的不能再簡單的親情表現與文化的味道。木製盤，陶碗分類為女性的與男性的，我雖然是男性，但螃蟹是屬於女性的海鮮食物，所以食具必須是婦女專用的。但是媽媽把螃蟹放在男性專用的木盤時，在我吃不完的同時，螃蟹再放回媽媽的女性木盤是makaniyaw（禁忌），這種吃的文化，不是現代人吃葷的與吃素的追求肉體的「健康」，而是「唯物」的分類，是我民族部落原初的思維，建立社會男女對等的本質，簡單的說，是達悟人對食物分類的「均衡概念」表現在食具裡男女對等的意義上。因此，男性專用的木盤與女性專用的木盤，除去部落民族對食物的分類認知外，把男性木盤裡的食物放回女性木盤裡的行爲禁忌的重點是，男性理所當然的必須分擔女性的體力勞動，作爲永恆回饋女性哺育兒女的恩情與辛勞。芋頭攪拌著達悟婦女一生的淚與汗。

媽媽說：「吃吧，孩子，讓你的腸胃習慣我們原初的食物。」

父親說：「孩子，喝螃蟹湯好讓芋頭可以順利進入你的腸胃。」話說的和食物一樣的簡單，於是從那時起我開始思索體能勞動背後的語意哲理。對我而言，腸胃的蠕動已習慣「稻米」二十多年，不可能在很短的時間內就能適應「芋頭的養分」，於是「勞動的同時，就是詩歌創作的最佳動力」作爲個人回到部落生活的入門。部落族人原初的勞動對食物食具的分類在涵化的過程中很不自覺的迅速退居到集體思維的附屬價值，就是方便易碎的瓷盤取代了自製的木盤。

回家十三年後，肉體先前的靈魂有了老人痴呆的症狀，我的人在台灣時，他就從早上到晚上逛部落尋找我的靈魂，於是常常跌倒撞破頭皮，我以爲也許是痴呆，讓他不會有疼痛的感覺。常常的，當我從台北探望孩子們回到家去找父親時，好幾次發現父親坐在大伯家門的牆，雙手抱膝的發楞，彼時他已九十餘歲的大哥偶爾爬出門給太陽曬的時候，經常看見血流滿面的弟弟坐在門牆發楞。那一天我目睹了當時的情境：

大伯坐在水泥地上用不乾淨的布，不發一語的幫著弟弟擦掉從頭皮流到臉上的血渣，父親也不說一句的好像沒有了記憶似的枯坐在那兒，也許也不知道臉上的血跡是怎麼來，也不知道大伯在為他做什麼，雙眼無神的直視前方的白牆。我不知道，父親是如何知道辨別這兒是他大哥的家。也許就像大伯事後跟我說的：是父親的腳背著他的頭。遠遠的我看見大伯脫掉身上的破布，午後的太陽射在大伯身體的左邊，在右手上的破布反覆的吐些口液，使力的擦掉父親流了半邊臉的血，左右移動細心的擦，歲月的痕跡，是波浪將在岸邊宣洩的圖像，更是天空的太陽蒸發兄弟倆的體內水分太久，讓他的擦拭動作比影幕的慢動作還慢，如此的情境好似自己吸飲媽媽的奶水似的刻畫在我的心。慢動作也讓暗黑的血跡逐漸減小，大伯的口液也越吐越少，每吐出口液，口中就念念有詞，語音的振幅高低，卡在哽咽的喉頭，溢出的鼻涕，好似口液就是他剩餘的淚水，也是他內心舌尖的話與腦海裡的往日記憶；星移物換，過去他們在山海的求生鬥志已是我們這一代的神話故事。

秋季午後的陽光多了些溫暖的感受，恰是溫熱老人不再迅速循環的血脈，他們過去的歲月在手臂上努力勞動凸出的血管在我心海噴射出原初勞動者的尊嚴。當父親臉上的血跡擦拭乾淨後，我走到大伯身後，大伯仰著臉看我，寫在臉上的是淚水沿著許多皺紋的紋溝，父親開口問大伯說：「他是誰？」大伯在父親耳邊使力的說：「我們孫子們的父親。」接著又說：「別再離開我們老人的靈魂，好嗎？孫子們的父親。」我沒有流淚，也沒有哽咽，我只移動大伯，讓他弓箭型的背貼在牆邊繼續給太陽曬，而後牽著爸爸，像是我剛會走路時他扶著我一樣，他昔日育我成長的笑容，是我現在看他衰老萎縮的痴呆樣。

「這是我的家嗎？」父親如嬰兒出生時的姿態側躺在木床上有氣無力的問我，接著又說：**mopa jingoliyan o rapan**[4] no tatala ta.「我們的船的腳掌爲何還不扛回家來？」

從那時候起，父親的記憶只剩下拼板船、飛魚、鬼頭刀魚，以及深夜裡他已「殘缺不全」的歌聲與歌詞伴著他如朽木般的奉獻給下一棵樹的養分，父親給我的只有這些，在自己邁進五十歲後的遺產。父親在我胸膛走的那一刹那，他的歌聲與歌詞宛如是他在十八年以前在台北抱著我剛出生的兒子，在他乾淨的耳膜灌入如麵包樹葉上晶瑩剔透的水珠，說：

「孫子，我們回家吧！Yakai（爺爺）給你一個美麗的名字。」我肉體先前的靈魂剛結束呼吸也像是兒子剛會呼吸時抱在他懷裡的相似情境，我在他耳邊，說：

「我們回到家了。」

我相信靈觀的信仰，也相信善靈與惡靈的存在，當他聽見我說的話——「回家了」，父親緊閉的嘴角緩緩的從八點二十蠕動到十點十分，闔閉的雙眼角落溢出父親體內最後的水波，沿著皺紋的紋路流進仍在溫熱的耳窩。我以淚水清洗在清晨之後的未來歲月，再也看不見的我靈魂之前的臉。給他，我體內依然溫熱的水波陪他長眠，如他生前的歌聲帶我全家人回到他給我們的家，等值的親子情。

父親離開我之後的幾天，大伯與叔父常來家裡陪我談天，這是長輩對晚輩應有的儀式與義務，他們話語裡內在的隱喻盡是要我虛心學習如何成爲「觀測天候」的男人；含意是，「全方位」的達悟男人，尤其是，心理素質的養成源自於勞動在深山與大海的淬鍊的哲理。大伯撥開胸前的麻布裸露只有皮沒有肉的胸膛，運動風箏型的廣背肌，說：

「這是勞動刻痕的線條，遠離吵雜的酒桌吧，孩子。只有山林的靈海裡的魂才會雕刻你體內體外的肉質。」

「喝酒喝多了，不僅喝出了笨，也喝出了三等的肉質。」叔父頑皮的說。

過去部落裡的空間流傳著許多許多朦朧而神祕的故事，那些故事我的長輩今日又重複的說給我聽，就像月球與潮汐的變換牽引著我神遊在寧靜海。在大自然的寧靜裡給自己獨白的空間，於是虔誠學習如何體現體內的肉質線條，以及從體內肉質飄逸出的素質，是我現在的功課，也是大伯與叔父要我遠離吵雜的「酒桌」，開啓達悟男人「當家做主」的儀式。

父母親在同個月回到我們人出生之後的「終點家」的八個月以後，我開始建造我的第二艘拼板船。

之前，父親爲我的回家造了一艘船作爲海神認識我的禮物，也啓蒙我認識我山林樹神的知識與信仰，彼時也初次體認在父親面前凸顯的自己肌肉的劣等品質與素質上的自卑；七年後，我獨立的建造我的第一艘雕飾船，這是回饋給父親相對價値的禮物。

我在山林裡尋找父親早年在造船樹材上雕刻的圖案記號⑤，發現許多健美俊拔的樹材深層吸住我極欲展現肌肉線條的胳臂，手掌觸摸著圖案記號已模糊的那棵樹，記憶於是回到父親昔日在深山裡教育我的圖景，思維回憶我兩個最小的祖父帶領他們強壯的姪子們在這兒伐木的故事，於是人原初的勞動在此時實踐其本質的時候，感覺此刻的我，是何等的寂寞孤獨啊！

早晨的深山鳥鳴胡亂歌唱，煞似祖靈在我髮窩上歌唱，溫熱體內流動的血脈，斧頭劈砍樹材的力道刻出了二頭肌、三角肌肉的線條，震落了葉片上凝結成珠的露水，滴落在自己過去被父親瞧不起的肉體，縫合過去皸裂的精神灌入了原初勞動者的自信，體悟了父親教我跟樹靈說話的儀式語言。山谷吹來的風，降溫我正在沸煮滾燙的身軀，而角鴞的求偶聲像是巍巍群峰間的山嵐飄逸著遊子回到家時神祕而朦朧的奇妙感觸。爲了造船，在山中砍了二十幾棵樹，花了一個多月的時間，之後治癒了自己長期的憂鬱症與被解剖的肌肉品質差的自卑感。

小島上荒涼的冬季，敘述著大伯彼時的心情，我這樣的感覺是先父走了之後的預感，每次就在我盼望他來的時候，眞的拖著腳掌撐開殘餘的笑容出現在我眼前，說：

「耳朵聽到很清新，被漢化的孩子造船劈材的聲音，眼睛很驚訝孩子獨立造船的勇氣，也許，台灣來的斧頭讓船型變美的吧！」

「你的話讓孩子感受到被冷泉清洗臉的舒暢⑥，我肌肉的聰明還遜色你們三個硬石核仁的距離，許多的造船哲理，還必須從你的腦海舀一瓢謙虛的水，大伯。」

大伯淺淺的微笑坐在木板上，消失了厚繭的手掌觸摸過去他最熱愛的船板木材，像是初爲人父眞愛懷裡的嬰兒感覺，眼眸映出祖先爲了航海造船的故事圖像。我放下手邊的斧頭，洗耳恭聽大伯回憶他過去的故事。一樣的月亮，不同世代的人，有不同的解釋，大海，拼板船等等的深描也是如此。三個多月的時間，大伯感覺有剩餘的體力就拖著腳掌過來我家，坐船邊向我述說他們往日在山林中海面上下裡所有的故事。父親離開我之前是痴呆的狀態，因而沒有交代任何的事情。大伯過來是替代我先父交代我應有的無形與有形的財產，就在他腦子還清晰的時候，他說。造船傳遞著族人原初勞動者的信仰，大伯就像是逐漸組合完整的船板，在我完成後，他已耗盡了體內殘餘的能量，日日夜夜枯坐在他的木床，最多就是移動身子到父親與他倆最後面對面的那道門牆給太陽曬，而後進屋等待夜色，也等待明天的陽光，他們過去所有的回憶只流傳紀錄在我的血脈。

造船是爲了海洋，也爲了飛魚的靈魂，以相似的物，相同的文化儀式反哺給至親的親人。

「這是我們的船的首航漁獲，跟你分享。」我說。蒸發的魚湯霧煙從大伯背靠的門窗飄散了，擠出了織滿千紋的容顏，生命末期的微笑，剎那間我微胖的妻子眼角溢出甜蜜的淚，陪大伯吃他這一生最後一季的新鮮飛魚。

飛魚漁撈季節結束後，大伯在我耳邊說：

「我已品嘗了你孝敬我的各種魚類，但願你也如此的照顧你兩個怕寒冷的堂哥，別遠離我，在家裡等我的太陽湮滅。」

當釣魚竿碰觸到就要落海的太陽之前，叔父坐在大伯的頭部等最後的語言，握著他大哥的右手，大伯左手則握住我的手，最後一眼給叔父，第二個眼神送給我，而後大伯緩緩的拉著叔父與我的手貼在其胸膛，他點頭後眼角溢出了兩道淚水，說是憐憫我兩個堂哥膝下沒有繼續曬太陽的直系血親。

太陽落海了，叔父低下頭也滴下對大哥的眞情淚，他如四分水管粗的五肢，說：「安心的走你的路，二哥和我們的叔叔在等你跟他們建造十人的大船，航海到小蘭嶼捕飛魚。」

叔父的手掌繼續的貼在大伯右半邊的臉，彷彿是最後的回憶儀式。大伯撐開面皮，說是非常滿足叔父送他走的最後禮物，大伯的心脈在我的手掌下停止鐘擺，而腕臂上的血管，此後已不再向我敘述昨日大伯這一生這一輩他們原初勞動者的驕傲了。只是如此的記憶成爲個人不斷重複書寫記憶的禮物。

原載《印刻文學生活誌》二十期，二〇〇五年四月

註

① panavohan so cireng：舀水飲用的泉源，智慧與涵養的傳承者。
② Lalitan：光滑而堅硬的石頭，族人傳統觀念裡最爲優質的石頭。
③ 果實的核子：族人比喻「遜色一截」的語言是，不及你一粒硬石的核子。
④ rapan：船的腳掌，漢人學者翻譯爲「龍骨」，這在文化的解釋上落差很大，比喻船在海上「走路」，不是船過水無痕而是「足跡留下記憶」，這是rapan的意思。
⑤ 達悟人刻在樹幹的圖案記號，象徵樹靈有主人，是父親（栽培）傳承給兒子（使用）的財產。
⑥ 回應被長輩讚美、祝福時最眞誠的語言。

黃金的靈魂迎接回航的男人

叔父忽左忽右的一手握著鐮刀，一手抓沿著紅土的下坡路段中的雜草，身上穿的衣物是新是舊，對叔父來說顯然不是重要的禦寒物，在這下著細雨的秋末，此景猶如十來年前筆者初返鄉與肉體先前的靈魂（先父）上山時相同。在山谷下的曲折乾河床被腳掌磨平的鵝卵石、礁石是部落裡先前的族人留下的足跡，也爲叔父所言的祖先的「足跡記憶」。乾河床兩邊的山丘、山谷盡是百年以上的番龍眼樹與麵包樹，彼時叔父站立的一一指名道姓的跟我口述擁有這些樹林的魚團家族，說，在他們那個沒有異族干擾生活節奏的年代，山谷山峰裡樹陰覆蓋的羊腸小徑在飛魚季節過後的夏天，不但乾淨涼爽，伐木的聲音合著人的歌聲在山谷迴響，宛如人間仙境，當然努力勞動即便是辛苦，但那也是我們那個時代趨寒避病唯一的生存法則。許多樹林外圍雜草蔓藤密布，阻擋了風的路，表示樹林原初的主人早已作古了，他們的後裔也因遠赴台灣討生活而乏人照顧，加上山林裡諸多的惡靈野魂作祟，使得新生代懼怕陰深的山谷，讓低等的樹林盤據了整座山谷。「但願時光倒流」叔父一面感嘆，一面敘述山裡的故事，原來我部落裡流傳的「飛魚神話的故事」裡的飛魚神，不僅是把海裡的魚類分類爲儀式性的魚類（浮游魚群）與非儀式性的魚類（底棲魚類），也把山裡的樹種分類爲高級的與一般的，以及低等的。所謂高級的樹種，意思是樹肉堅實的，造船建屋，不怕颱風之類的與個人的、漁團的、民族的命運緊密相連的樹，於是叔父跟我說，這些的種種就稱之祖先「勤勞的智慧」。

叔父就像他的哥哥，我肉體先前的靈魂一樣，每走到一棵俊美的番龍眼樹、麵包樹、綠島榕、賽赤楠等就敘述那棵樹的故事、那個階段的痕跡，我以爲這是一種信念，一種崇拜，一種思維方式，也是一種口述文學的樣式，如此之集體性的樣式則流動在部落裡、山裡、海洋上長者對晚輩在勞動時體驗「勤勞的智慧」。當現代化如同波浪般的拍擊我們的島嶼之剎那起，族人被逼拉長了與自然環境互動的疏離間隔，同時深化了對現代性的依賴，「勤勞的智慧」將逐漸成爲我們民族未來的「神話」，至少我們的下一代已不再山裡逛樹了，於是就不再有感動欣賞樹的美麗，也不再有海上海面下集體潛海的共勞共享的情感，不依存在自然節氣脾氣下生活，沒有勤勞塑模的胸懷氣度，那肯定是粗俗而醜陋的面容，叔父跟我說，此刻我卻笑在心中，把他的話記憶在腦海。

走過了谷底，叔父說，這兒的地名就是「河谷的源頭」，我們便沿著只能一個人走的上坡小徑，數不清的姑婆葉之葉窩儲滿了晶瑩的露水、雨水，每砍掉一株姑婆葉，晶瑩的露水便溜進我們的雨鞋，叔父似乎不在意雨鞋裡的露水，只管把他所知道的在這區塊過去所發生的故事試著回憶的完全告訴我。爸爸在過去也曾經在這個地方跟我敘述相似的故事，顯然這塊小山丘在他們的記憶是有過勤勞耕耘的歷史記憶。

七十八歲的叔父喘著氣坐在山丘的緩坡路段，來自海洋的風從我們走上來的小徑吹來，讓我們叔姪二人微禿的頭清涼許多，叔父看看其右邊一棵粗大的賽赤楠，微笑的對我說：「這棵樹比你堂姊大一、兩年，原來培育他是將來拿來作爲高腳屋的宗柱，現在我們已不再建造高腳屋，這棵就送你作爲你下次造船時的樹材，後頭這十幾棵的破皮烏樹，他是製作船槳最上乘的材料，你也可以取來用之，將來時代的變化如何，這個山頭的樹，足夠你和你堂弟建造雙人四槳的拼板船。」叔父溫馨而祥和的語氣，似乎在對我表述這趟的逛山是他人生歲末最後的巡視他從小栽培的樹林園地。山谷的風吹來的濕度特別的高，叔父的汗水乾的比我快，就像我先父過去跟我說的一樣，「那兒是你的林地財產，這兒是你的堂弟，我隔壁的這塊就是你的大伯的財產，將來你應當帶你堂弟來這兒逛山林，告訴他這兒我們過去發生的故事。」叔父說著話，站立在幾棵破皮烏的樹邊，笑容擠出臉上的紋溝，不是懊悔不砍伐他們取來造船或做船槳，反而說這幾棵樹的性情善良（建屋造船之樹材，達悟人父傳子的私有財產），我們一邊砍除四周的雜草，我一邊專心的聽他們幾位兄弟過去的故事；沒有與土地直接勞動的生活體驗，就沒有美麗的故事可敘述，沒有湛藍而平靜的汪洋，我們的祖先就不太可能創造利於航海切浪的拼板船，這些樹就只是山裡的樹種而不會被祖先人格化，叔父如此跟我口述，並請求我有空時來此山頭照顧這些樹。每每聽到老人家們說出與山林海神類似的共生之生活哲學時，就像山谷潺潺的冷水洗滌腸胃穢物的清涼感觸，常令我有話說不出舌尖的幸福感，沉醉在他們在自然生活環境孕育下勞動一生的遠古人氣質，懷念漁團家族因飛魚漁撈團聚聽長輩說山裡海裡的故事，而抱怨自己生處在部落民族轉型成越來越功利的社會關係。

在叔父他們這一代的達悟人身上，所謂的勤勞除了肌肉線條的刻痕外，祖先把樹名類科如同海裡的魚類也分類等級的「生態觀」，敘述著在地人文長期經營此島的生活哲學，長期體驗儲蓄在部落文明內在的，人和自然節氣的原初感受。賽赤楠、破皮烏樹雖然只是一棵樹的名字，被分類實用的等級，精神化它們是因爲與人的命運緊密扣連，祖先統整海裡的魚類、陸地的植物等透過宗教的儀式，如新屋的落成，船舟的下海，人格化這些被分類的民俗動植物，成爲達悟人的生命觀，海洋觀。

前兩年叔父爲了籌足建水泥屋的錢，賣掉了他七十出頭時建造的雕飾拼板船，於是就沒有出海釣鬼頭刀魚，夜航捕飛魚。飛魚在大海，拼板舟來自山丘坡地的樹靈，我叔姪倆坐在我的拼板船邊望著遠近色澤不同的大海，那是不同世代與島嶼親疏遠近的表徵，溫暖的初春日射，溫熱了叔父過去的熱情，波濤翻閱了叔父的歷史記憶，哼著遠古海神聽得懂的歌聲，道稱是說故事的源頭，叔父於是對我說：

孫子們的父親。我的大哥，你的大伯大我十四次的飛魚招漁祭（年），我的二哥，就是你肉體先前的靈魂大我十次的招漁祭。我大約經過十次的招漁祭後，我的父親，就是你們堂兄弟姊妹的祖父，在每年的釣鬼頭刀魚月（四月），當我們目視到他們划著他爲這兄弟倆的成長建造的雙人拼板船的時候，你們的祖父就每天帶我來到灘頭等待他們的返航，返航的船隻在avalat（西南風浪）的浪峰顯影，在浪谷隱身，也許我們血液裡流動著古老祖先飄洋過海，好奇與敬仰在海洋上依據古老傳說的原初漁撈技能吧，不單是我們在等待，部落裡的男人幾乎都來到了灘頭，腦海宛如律動的浪紋，期望我哥哥們釣到鬼頭刀魚，那種情境與心境的古老詩詞就是tazahen no ahed no ovay（黃金的靈魂迎接回航的男人），鬼頭刀魚、紅翅膀飛魚被敬愛的程度就如現在島上教會信仰的上帝，部落所有的男人都來到了灘頭，只爲了迎接回航的男人。釣到鬼頭刀魚的男人登上了陸地，榮譽便集於一身，我的父親告訴我，但願你有兩位兄長那樣強壯的體格，以及對海神眞愛的性情，在每一年的飛魚招漁祭許這樣的禱詞。

孩子，叔父繼續他的話，說：我們那個時代，一到飛魚季節，海邊就成爲孩子們、男人們聚會的場域，熱絡的情境好像是候鳥迎春的氣氛，我們就在海邊面對大海聆聽部落耆老們的故事，每年都是這樣，我們就是這樣長大的。你們這一代，沒有見過你們高曾祖父那時耆老們對大海的敬畏，他們每唱一段詩歌，眼前的波浪好似會說話的感觸，所以你們的祖父教導我們幾位兄弟在海邊學習成長，接受被熾熱陽光的日射，學習聆聽他人的故事，勤勞的智慧就在其中，現在我回憶起來，過去自然人的美麗已不再有重複的可能性了，現代候鳥返鄉迎春，是爲了療癒一年來在大島的精神與肉體的傷感，與數不清的眼珠刺痛尊嚴，而你，孫子們的父親就是我現在唯一的聽眾，雖然孤單，但也不得不接受族人漢化後「勤勞的智慧」成爲神話的事實。

原載《新活水》第五期，二〇〇六年三月

鬼頭刀之魂

就像部落裡傳統的男人說的，膝下有了子女後，男人的心必須保持在滿潮的狀態，時時警惕自己已爲人父的言語舉止，按季節的海陸勞動與生產淬鍊自己的體魄與心理的素養。

我不曾懷疑這句話流動在島上男人以勞動的耐力，在海面上下捕魚的生活技能，用女人的芋頭之數量覆蓋雕飾的船舟，用男人的飛魚封蓋家屋的院子，而詩歌歌詠勞動成果的本質就是以勤勞降壓年輕時驕傲的氣焰，作爲他日當祖父母時德高望重的基礎。

可是在這個世代要做到全能型的男人是有困難的，特別是現代性與傳統性糾纏不清的年代，傳統性的集體價值觀受到空前挑戰的時候，是非已經失去了焦距，如小祖父在一九七八年去世前的話，說：

Yana maparek o ahahaw no Pongso ta.「已經很混濁了，我們達悟人的島嶼的呼吸。」

父母親遠離了太陽的照明之後的今年是第二年。在小船招漁祭的清晨，我望著自己在破曉後架好的晾曬飛魚、鬼頭刀魚的井字型椿柱，坐在屋院讓微涼的濕氣很重的西南風吹乾汗水，而此時此景腦海的思路特別容易翻開昨日的記憶；父母親帶走了屬於他們那個世代的傳統信仰與生存環境建立的生活哲學，在當下島嶼的呼吸如此的混濁時，堅持承繼傳統的祭典儀式，是自己與自然節氣共生時唯一的財富，也是自己在回家十多年後從父母親的生活哲學體驗到的，於是飛魚季節自己舉行傳統的祭典儀式，特別的思念他們。對於儀式祭典的儀式語言，不會困擾我，倒是追求全能型男人的心理素養是困難跨越的障礙。寧靜的早晨，孩子們的媽媽說：

a kokai syamen kwa do vahai namen,
我敬愛的家屋的男人
komavang ji yamen sira malahet,
我們及不美麗的孩子們乘坐你的船舟
sira malahet jimaci kamalig ji yaten,
遺憾不美麗的孩子們不在我們的船屋
inawei no karapan ka rana so toktok,
祈福你心理素養有增加

akmei niramonan no cireng no inapo,
就像被前人智慧清洗過的臉
a paci kazwayan namen so kata-o ta-o,
讓我們的肉體感受因你而榮耀
a arayu mo a kano libangbang a somakai do inaworod ta.
鬼頭刀魚，飛魚飛躍到我們家的屋院

我敬愛的家屋的男主人，承擔我們家屋，以及不美麗[1]的孩子們的靈魂信仰，孩子們不與我們共享你捕獲的飛魚、釣到的鬼頭刀魚，我難過的感受卡在舌尖說不出來，父母親走了，才知道這個時候他們的不在才理解飛魚傳統祭儀對我們的重要性，我敬愛的家屋的男主人，但願從今天起，你心理的素養已受過前人智慧的洗禮，融入在部落生活的節奏，恪守漁撈飛魚的禁忌，讓鬼頭刀魚、飛魚飛躍到我們家的屋院，使得孩子們與我的靈魂因你心智的成熟受到族人的肯定。

我家的屋院不是基督教會的教堂，也沒有教友當聽眾，十多年來她在水芋田、旱田接受部落婦女們的教育，傳授婦女在飛魚季節期間的責任與義務，感受婦女陸地上種植的芋頭，如她的男人在海上捕獲的飛魚等同的價值。如今，她說了這些詩句比她在星期日送給上帝的祈禱詞句更虔誠，是她的肺腑之言，這是我不曾有過的感動。她肉體的脈動與靈魂的信仰不僅正在轉型，也正在淬鍊自己未來當祖母時的傳統氣質，此刻的她正如父親在世時教育我的語氣。對於父母親的離開太陽，是我們當子女的最傷痛的事，然而，這些詩句除了深深撼動我心脈的眞情外，她對於她的基督上帝的敬愛不亞於我們恪守傳統禮儀的禁忌，也就是說，聖經傳播的福音與部落民族的文化是並存的，是不相違背，也不再諷刺我是「異端邪說」的教徒了。我們這個世代「家屋的主人」不僅要種植地瓜芋頭，捕魚，同時也要爲兒女賺錢，於是蹺蹺板很難有平衡的時候。假如波峰是現代化的幸福，波谷是傳統性的悲情的話，彷彿自己的命格選擇了後者。

鬼頭刀魚月[2]首航的清晨，特別感念父親對傳統禮儀的執著與神情面容刻畫出的虔誠，這是父執輩們生活在他們的時代從小就被傳統試煉的氣質。我問自己，爲何對親人的思念，總是在失去了他們時，才發覺孝順的芽方從土堆撥雲見天呢？我心海的悲涼湮滅了我們島上望月的浪漫氣息，彷彿天空數不清的眼睛是我未盡孝心的懊悔證據。

在我書桌邊的收音機，凌晨四時播放古老的達悟傳統歌謠，低沉的歌聲宛如清晨滿潮時微浪無力的在沙灘邊墜落，我不明瞭此時爲何會冒出這樣的音樂，我的心海很寧靜，當浪沫再次的被海神吸走時，是一波再起的波浪，反反覆覆不間斷。假如父親仍建在的話，此時他已起床教我椿好曬飛魚的木椿，當然媽媽也會在屋院的角落吃檳榔，望著夜間的大海打岔的說：「很可憐後傳統的人，不知如何尊敬天神恩賜的魚類。」語末的感嘆聲拉得很長，讓我深深的感覺到在她認知的世界裡，我去台灣念書是一件錯誤的選擇，是生命旅程拐了很大的彎，傳統價值觀的純度滲入無限量的污水。此刻在靜靜的夜回憶起來，回想媽媽的話，還真讓我像是傻蛋似的會心微笑。孩子們的媽媽此刻也起床，坐在屋簷下的桌邊吃檳榔，情境完全相似，說：「感謝主，你已起來做傳統男人在飛魚汛期該做的禮儀。」我仰望清晨的星空，我於是默默的把她的語言休息在心臟，循環在祝福與祈福的血脈裡，難道這些儀式眞的跟上帝有關係嗎？我想在心裡。孩子們的媽媽也如傳統的達悟婦女在爐灶前生火煮芋頭，而我是因爲要參與今年釣鬼頭刀魚的船隊，我們稱之Mataw，禮俗的規則是，當日我吃的芋頭與燻肉不可假手於家屋的女人。所以她煮的芋頭是我做完Mataw儀式後與家人共食的食物。

每年的鬼頭刀魚月，是我們飛魚汛期的第三月（papataw），最先要做的工作是，上山砍這個季節晾曬飛魚的橫竿與椿柱，稱之maba so zazawan，新的橫竿木條是迎接年度首航漁獲，第二天，男人便把自己的船推到海邊，表示要參與釣鬼頭刀魚的船隊，接著上山作mangavaka③的禮俗，砍一節約是一米長的，成Y字型的Anot，象徵是鬼頭刀魚的尾翼，而把Anot的表皮層去除外皮，內層的纖維是懸掛釣到的鬼頭刀魚專用的繩索。其次，砍一節嫩的Y字型的竹子，在自己的拼版船上做祈福與除穢儀式，還有一個檳榔葉，也爲男人在海邊招漁儀式後，回家獨自一人用餐後即要丟棄，象徵驅除厄運，趨吉避邪。第三天男人在家裡整理釣具，並在魚鉤上鉤上如指甲般小的豬肉，象徵鬼頭刀魚精靈的魚餌，在自己的雙唇抹上一層大魚的脂肪油，期望首航可以釣到鬼頭刀魚，作爲部落灘頭象徵出海作業的男人們集體性的招漁禮物。記得父親在吃這種柴火燻過的豬肉時，把豬油抹在魚線上，口裡不時的唸出，咕……咕……的祈福詞，這是祈願大魚吃餌抽出魚線的聲音。這個時候寧靜的清晨，我融入在父親的泛靈信仰對自然界凡有生命的生物皆賦于靈性的敬畏，神格化飛魚與鬼頭刀魚。於是，出海前妻子把她一串的瑪瑙，傳統婦女披蓋在保護新生嬰兒靈魂的禮服，以及父親傳承給我的銀帽，一串藍色的、黃色的珠子，8字型金箔片等的貴重財物，懸掛在曬飛魚的橫架上，這個儀式禮俗都發揮在每年飛魚汛期釣鬼頭刀魚月首日航海之後的一星期，除了表現夫妻間的互敬互愛外，主要意含依然圍繞在迎接飛魚與鬼頭刀魚的神魂來到家屋。我爲這個儀式祈福祝禱之後，孩子們的母親便對我說：

makalag ka Mamen kwa,naknakem mo mina cureng nyamata.

「願你遵守我們傳統靈觀的禁忌，以及記憶父親曾經跟你說過的話。」

「男人非常理解你的話。」我說。

我背著我釣飛魚與鬼頭刀魚的魚具走向部落男人集體招漁儀式的灘頭，太陽未照射前，海面滿潮的汪洋呈現祂慣性灰色的寧靜，首航出海的男人把自己的船推到海浪宣洩時波及的海岸線，等候其他出海的男人。彼時，我把我的船也推到海岸線，如同他們一樣，等候晚起的男人。有趣的是，此刻誰也無膽從自己口中冒出有關男女性愛的事，因我們皆心知肚明出海前必須「禁慾」習俗。於是每個人說話的語氣如是宣洩的微浪，那樣的溫柔，並且也多了幾分正經八百的對話，氣氛與神情是相互敬重彼此之間出海的靈魂。

柔和的雲朵被微風帶向我們島嶼北方某處的天空，海面因風而繪成的浪紋，形成數不清且不規則的圖案，彷彿敘述著灘頭上男人們即將出海的心境，天空的色澤是善良的，宣洩的微浪親吻我們的船首。海浪循環著他滿潮時的溫柔，退潮時無情，此刻的早晨他處於滿潮。在太陽未放射熱光前的清晨，每個人都坐在自己的船邊靜靜的望他，感受他像是剛吃飽的嬰兒散放出幸福的呼吸。此時的情境讓我回想到四十年前，我站在父親的船後，聚精會神的觀賞釣鬼頭刀魚船隊出海的景致，這是只有心臟與波浪在對話，也好像感受到只有鬼頭刀魚的精靈才知道他要選擇哪一條船上岸。男人們的靈魂信仰，每年在這個季節的許多期待，都將在大海上輪迴接受他的檢驗，無論漁獲的多或寡，鬼頭刀魚的有與無，似乎都是試煉那群與這群男人們的心理素養。如此之傳統還延續到今天小船的首航日，在灘頭上每個人都在接受傳統信仰的制約，表現相互敬重，也相互祝福，同時也在期待最年長起身切割浪紋的首航儀式，令我欣慰在現代化肆虐全球的同時，我的民族仍然延續祖先原初的生活模式。

也許我們這群人身受許多傳說故事的熏陶，承繼許多在海上命運與運氣的不確定性，深感鬼頭刀魚的有與沒有的喜悅與失落，在今天中午之前完全由他的精靈主宰。我就坐在這些族人身邊，我知道他們心海底層就不曾在乎過我的學歷，也不知道我出了幾本書，但卻是非常在意我經常離開我的船去台灣的事情，尤其在釣鬼頭刀魚月，都奉勸我少離開我的船靈。表姊夫不時的提醒我，說，假如不得不離開，至少要去海邊跟船說說話，彼此間才會心安。表姊夫曾經是我們鄉的代表會主席，說這句話令我欣慰很多。

我理解，在我建造我的船的時候，在山裡頭砍伐三十幾棵的樹，他原來就是有生命的，所以必須與他說話，建造完成的船與個人的命運在海上就是一體的。父親在世的時候，我每次的出海他都站在船後目送我，他緊密的雙唇彷彿不再對我口述許多族人在海上的傳說故事，達悟島的呼吸已經很混濁了，當下仍然依照他們那個世代的生活模式，就是進行式的傳說故事。許多有形的、無形的現代化的整體性每分每秒都被輸入到我們的島嶼，如此的整體性流動在島嶼內部，實際上就是正面的弱化我們民族原初的價值觀，於是釣鬼頭刀魚在海上的傳統活動，在汪洋上被太陽曬黑的男人的臉，肉體還流動著古老的沉靜氣息，父親緊密的雙唇就是要告訴我這些，好讓我在都會流浪的靈魂唾棄沒有尊嚴的外殼吧。

今年有四艘新船加入釣鬼頭刀魚的船隊，其中一艘是姪兒在去年造好的，他雕刻的工藝技術備受族人讚賞，而他的加入也更令我們高興，斯時也是他這一生參與釣鬼頭刀魚船隊的處女航，而他的妻子也正在懷他們的第一胎，於是他平日囂張的舉止，在此刻正接受著傳統禁忌禮俗的制約。

他坐在自己這一生的第一艘船邊默默不語，唯恐說錯話，當然他內心裡也正蒸騰著鬼頭刀魚精靈造訪的希望，似乎如此傳統祭儀的莊嚴，正在他心中默默的萌芽。我的同學走到他身邊，像神父虔誠般的語氣跟他說，祝福自己首航的幸運就等於是集體祝福部落的族人，他點了頭表示允諾。此時許多部落裡老中青的族人也都早起，站著或坐在我們的船後，年輕人帶著觀賞的眼睛，老年人在腦海裡回憶過去的記憶，也說著祝福我們船隊首航順利的禱詞。這一切的所有，依然發生在相同的部落灘頭，從我們的祖父的祖父起，同時也隨著部落耆老的凋零與逝去，融化肅穆莊嚴的氣氛，浪濤波紋的顏色。

船隊裡最年長的起身，我們也起身，把肩膀貼在船尾，一手抬起一槳，雙眼直視波波的浪，做出啓航的姿態與祈福的禱詞默念在心中，此景此刻的船隊，固然已經不再如三四十年前五六十艘的壯觀，但眼前這些二十多艘船的參與，讓我感受到海浪的波紋仍在繼續流動，新生代的族人就有機會直接參與。我默默祝福姪兒馬武用有斬獲，同時欣慰體會男人在海上的謙虛裡噴射出沉著的眼神與傳承者的尊容。

只有心臟與波浪的對話，船隊開啓鬼頭刀魚在水世界裡有與無的朦朧面紗，一個船接著一個船趕在太陽躍過部落東邊的山頭之前出海，數不清的波浪煞似邀約船隊航海的戰帖，於是我們每一個人的腦海都在幻想自己是今年度釣鬼頭刀魚首航日部落灘頭最先返航的勝利者，在海上靈魂應驗仙女賜給的運氣，具體的如個人船釣經驗，在潮汐變換時大魚浮現在不同的海域等等的運氣。

太陽出來的時候，傳統經驗告訴我們，說是鬼頭刀魚、飛魚浮游吃「早餐」的時段。此刻，在距離遙遠海面聽到，來自於海浪傳過來的歌聲，歌聲時而在波谷隱沒，時而在波峰飄進我的耳膜，反反覆覆，這是我最愛的天籟合音，眼前的景致誠如父親過去對我敘述的故事一樣，說是天神與海神是導演，船舟與達悟男人是永恆的演員，我因而沉醉在海上的漂浮，同時幻想鬼頭刀魚的拜訪。隔壁部落的，還有我部落的船，三十幾艘在海面彼此的交匯，流傳著這個民族才理解的水世界裡的神話語言。

海上的每個男人都在東張西望，同時更注意槳架上的魚線，當海流拉直魚線時，彷彿是飛魚吃魚餌的現象，這種現象似是把心臟上升到喉口的興奮感，然而魚線恢復到弓箭型時，是失望的再起。首航日部落的人全部失望的回到部落的灘頭，等待明天的黎明再續航，對我來說，我連續失望了三次的航海，期間已有族人的屋院懸掛了鬼頭刀魚，但我卻被鬼頭刀魚的蠻力拉斷了兩次的魚線，我爲此反思自己是否有犯了禁忌，並再次的以沾了招漁牲禮祭血的竹子，在魚鉤上祈福。

天氣與海況再次的恢復到適合出海的日子，部落的人不放過這樣的好氣候。這一天前，妻子思念我們在台北的孩子，他不僅帶著我的祝福，孩子們的媽媽也同時謙敬的留下對我出海的祝福。在清晨海面的波紋，如是我的腦紋浮現爸媽的影子，思念的情愫令我在海面上的臉色浮貼一層難掩的傷感，對於鬼頭刀魚是否拜訪我，並沒有很強烈的企圖在心中，我反而不時的觀賞船駛過時浪紋流線。在海上兩個小時後，太陽直射海面的光非常刺眼，於是背著晨光划船。就在這個時刻，距離我船身四五十公尺的五艘船，同時釣到鬼頭刀魚，他們也同時的噴出海面，金黃色的魚身使勁蠻力甩頭擺尾企圖掙脫嘴中的魚鉤，在我觀賞他們的同時，鬼頭刀魚把我的魚線從船上偷走到海面上，魚線像是快轉的車輪，大魚嘶嘶嘶的急速抽光我的魚線，拖到離我船身五十公尺遠的海面，我多餘的體力正需要與他心智格鬥，波浪阻礙我划船的速度，切割波浪上下震盪加速我心臟的緊張，當連接魚線的浮標被大魚拉到海面下時，高興大魚還被魚鉤鉤住，而浮標在海面上忽現忽沒好似心臟也被魚鉤鉤住的痛苦樣，永恆波動變換詭異的波紋自古就是我民族又愛又恨的導演，主角永恆屬於水世界裡野性十足的魚類：

ano mina kowyuwyud na imo no pahad ko am
我知道，你是我靈魂的摯友
panowanuden mo katowan o nakem mo
願你的靈魂順從我的心意
ta volangat kano ovai namen komalekpek so kata-u ta-u mo
我祖傳的財富、銀帽與黃金將陪伴你的精靈
kato mo nganodan a somakai do tatala ko
你就乖乖的躺在我的船
ka taliis ta makalara a manglid
讓我們平安的回航
tazangen da no ahed no ovai namen
因而在灘頭被祖傳的財富的精靈誠摯的迎接

我一面划著船追著魚線，一方面為他口述在海上的祈福詞，舟邊的其他船隻的男人目睹這場眞實影幕，無一不飄放冷漠與羨慕在海上才有的平行眼珠，釣到大魚只被他們短暫的讚美，脫鉤大魚跑掉卻是長時間的被羞辱，這是部落男人在海上經常面對的海路旅程。

我知道，明天的太陽、風雲、海依然在原來的地方出現，但明天的風、雲、潮水會變換，如此的變換直接影響飛魚、鬼頭刀魚的情緒，也就是說，明天出海時鬼頭刀魚不一定會拜訪你的船，縱然他經過你的船邊，他是可以拒絕吃你的活飛魚餌，所以明天在海上的運氣都是不確定的，於是只有掌握現在的時機，把鬼頭刀魚拉上船裡，才可以在部落族人的嘴角虛心接受短暫的讚美。

我捉住我的浮球，魚線已經完全被抽光，因此魚鉤深入鉤住了大魚嘴裡某處的肉。其他的船隻駛近我船邊，這些海人的面容表情，曝曬在上午十時左右的陽光下，彷彿太陽的功能只是記錄著黑夜與白晝的輪替，而皮膚是否被他灼傷，顯然不是我們這些海人在意的事，太陽在我們的感覺就像是都會住民的日光燈。我往海面下看，哇，還有三條鬼頭刀魚圍繞我釣到的這一條，顯然是一個家族，我想。他們飢餓需要飛魚塡補空洞的胃，而我們的飢餓需要他來充實我們的謙虛，不多久的時間，這些大魚全被其他的海人釣上船裡。很遠的海面彼時也傳來引誘鬼頭刀魚浮出海面的歌聲，所有的船隻靜靜的期待大魚再次大咬的時段，許多的拼板船靜止在波紋上宛如是海神手掌上的玩物，約是三十分鐘後金黃色的鬼頭刀魚躍進了我的船身裡，十分鐘左右大魚逐漸變色成銀白色，宣告他的呼吸器官不適合沒有水的地方，最終他不再做無謂的掙扎，平靜的陪我返航，回部落的家。家屋的靈魂在雀躍，把父親傳給我的銀帽，金箔片，母親編織給我的傳統服飾，妻子的瑪瑙一同懸掛在屋院，傳達祝福與被祝福的儀式，切割的魚肉如一波波的浪被午後的陽光西曬在屋院裡，我坐在陰涼處守著鬼頭刀魚魂思索爸媽遺傳給我的語言，「你喝了海洋的奶水，別丟棄釣鬼頭刀魚的魚線，因爲人的善靈在傳統的生活祭儀裡流動。」

原載《印刻文學生活誌》二十六期，二〇〇五年十月

註

① 讚美兒女孫子是達悟人最大的禁忌。

② 達悟族一年有三季，也分十二個月，三年閏年一次，鬼頭刀魚月是年中的第三個月，約是國曆四月。

③ 取anot樹的內層皮，作爲白天釣到的飛魚與鬼頭刀魚晾曬的專用線；而夜間捕獲的飛魚用林投樹的根莖，來區分白天與夜間的飛魚。

讓風帶走惡靈

凌晨一點半外頭下著雨，我的朋友夏曼・馬洛努斯全身濕答答來到我家二樓的陽台，說：「這些龍蝦帶給你台北的孩子們吃，希望龍蝦能使他們思念我們的島嶼。」在我的日記裡，這是去年十月三日的事。

這一天的夜很黑，也很冷，他獨自一人在黑夜的水世界去潛水抓龍蝦，這是朋友近二十年來唯一的「職業」。我端了一杯熱咖啡給他喝，我說：「這是一杯熱的維士比，握在手掌溫手吧！」我們彼此之間幾乎沒有說過「謝謝」，通常是把它休息在內心裡的，而以「以物易物」的傳統行爲延續友誼，或者說聲「平輩的男性朋友，好。」

這些年來，我觀察到有深度、有內涵的達悟男人事先皆不表明「出海」做什麼。「先做再說」的哲理，因而普遍存在於傳統達悟男人的心，厭惡「光說不做」的人。固然，大海作爲我們達悟人共同勞動的對象，但每一個人所使用的簡易生產工具是不同的，如近海、深海的船釣，淺海網魚，或潛水（白天或晚上），岸邊垂釣等等的，而先決條件就是從平常生活實踐，逐日累積的生產經驗，生活哲學，所以達悟的男人便有說不完關於海的故事（經驗交易）。因爲不知道運氣是好，或不好，凡事觀察海的脾氣（潮汐）。觀察潮汐，春夏秋冬又各有差異，而月亮之盈虧更是決定龍蝦「外出覓食」的主要因素。

觀察海的脾氣，這種經驗當然是累積的，夏曼．馬洛努斯雖然與我同年紀，但他只有小學畢業的程度，所以看得懂不多的漢字，無法從書籍中獲得相關於潮間帶、亞潮帶生物與月亮盈虧之「知識」，來減少自己體能與時間的耗損。然而，他從二十歲之後，以最「笨」的方法，「身體力行」去體驗海的脾氣，去理解蝦在秋冬「出沒」的時段，而經常獨自一人在路邊枯坐半天觀察近海之海象。而我回到我們島嶼的這些年來也經常在路邊作與他「相似」的夢（通常他喝維士比，我喝黑咖啡），就這樣我們因「相似」的夢成爲「心海」的朋友，在「水世界」認識自己存在的本質。在這樣的世界裡，沒有淚水，沒有汗水，只有呼吸與憋氣，只有數不清的水中「繽紛」伴我們這些島上的潛水伕，添增我們個人生命旅程中的色澤。有時候是「逃避」，但更多的是生存的原始動機，醞釀個人在部落社會裡的能量，直到水世界咬傷我們的肉體（老了怕冷）。

活蹦亂跳的龍蝦吱吱嘶嘶爬行在我平坦的桌面，我看著朋友不覺寒冷的臉，就在我要說話前，他搶先一句的說：「別提錢的事，我看見你的燈亮著才上來的。」我知道，朋友比我更窮，又要養比我多一倍的孩子，他的孩子們於是不得不跟他們夫妻倆吃地瓜芋頭，吃魚，在現代的部落裡算是「低度」的物質生活。「別提錢的事，你若如此，斷掉友誼比較好。」他補上一句的說。

他在朗島部落，我在紅頭部落，在戶籍謄本的職業欄裡，我們的職業是「空白」的，只是戶政人員胡亂塡空寫著「自耕農」，所以，在現代的「職場」，我們是UFO，更是無產階級。是夜，朋友坐在我身邊看我打電腦寫作，他笑著問我：「朋友，這就是你說的電腦嗎？」

「是的。」久久之後，他又說：

「這對我而言，比祖先的神話故事更難理解。」

「是的，就像你在滾滾黑海的水世界獨自一人抓龍蝦，他人更難理解你的世界一樣。」

「那是我們的世界啊，朋友。」

「好一個我們的世界」，我心海想著這句話。這幾年，我經常受邀演講，以漢語口述我過去在海裡的故事，每次說到我與鯊魚從洞裡一同游出洞口的時候，我的內心裡未曾想過，我的聽眾是否「感同身受」，而是在口述的同時，想著「爲何當時，我一絲恐懼都沒有」。看著許多不曾觸摸過海的聽眾，確定很困難理解我們在海裡的世界，更何況是深夜獨自一人潛水！

家父的雙腳摩擦水泥地上爬到我家二樓的涼台，揉著不是黎明醒來的眼睛，上來就問我的朋友，說：「你是『人』嗎？」在深夜裡這句話聽起來滿「詭異」的，彷彿是家父在夢裡說的話似的。

朋友放大嗓音回道：

「我敬愛的前輩，是的我是『人』，生在這個島嶼的人類。」

「嗯原來你是『人』啊！」

朋友爲我的父親點根菸，家父再次問朋友說：「你是哪裡的人？」

「我是朗島的人，屬於『水源宗氏』漁團的後裔。」

「嗯！你剛從海裡出來的嗎？」

「是的，我剛從海裡上來。去抓龍蝦掙些錢。」

「龍蝦！龍蝦！我以前用火把在潮間帶就可以抓很多的龍蝦，你的朋友就是這樣長大的。現在還有龍蝦嗎？」

「有的，可是很少了。在亞潮帶夜潛，黑冥的水世界感覺就像在『惡靈』的食道裡游移，很讓人由衷萌生恐懼。」

「怕，就不要去夜潛啊，孩子。」

「前輩，你說的沒錯。可是要生活呀。」

「讓風帶走惡靈吧！但願。」

深夜經常是朋友生龍活虎的時段，展現眞實的自己。我在旁靜靜的聽著朋友與父親的對話，如都會裡多數人午後的咖啡時間，無事不談，不同的是，我們沉潛在暗幽的水世界的語言。

朋友注視著家父，心情沉入灰色的深秋，荒涼了起來，轉身看著我說：「朋友，求你別再離開老人家了，豈知漂流木漂向何方呢（不知何時辭世）？」

「其實你說的，我承認你說的沒有錯誤，無奈我們是UFO（朋友說是陸地上的遊民）。」

家父抽著菸，看著下著雨的黑夜。滾滾的黑海，他過去的繽紛世界，早已以歌聲唱完了往日的美好歲月，如今仍停留在臉上只有荒涼沉靜的臉，以及近乎沒有回憶的頭，也許，過了幾年家父走了之後，今日的情景，成爲朋友與我的回憶。朋友注視家父沉靜的臉，青煙隨著父親的呼吸節奏從嘴冒出，除了乾柴燃燒的火以外，香菸是父親消磨時間唯一的嗜好。

朋友告訴我，說：「先前我肉體的男人（指他已故的父親），他面向乾柴燃燒的火沉睡的走了，火是我們前輩們的棉被，砍些乾柴讓他生火吧，兄弟。」是的，燈只是照明的功能，不會溫暖肉體，我說，在心裡。

「孩子，不覺得冷嗎？」

「會冷，還算是男人嗎！我敬愛的前輩。」朋友提神回應父親。父親露出難得正常的笑容，看著朋友。

「朋友，就快天亮了，我沿著我的路走（還要去抓龍蝦）。」

「沿著你的路好好走吧！」我說。

朋友，披著深秋的雨絲，騎著車「走他要走的路」，除了驚濤駭浪外，「惡靈」早已不可能阻擋他要走的路的，對於潮汐的變化，他始終選擇正確的時段在暗夜潛泳，是長期的經驗累積「判斷正確」的哲理，在這方面的經驗知識，朋友是我的指導教授。

「在路上好好走。」我說。

「心領了，兄弟。」他嘴裡叼根菸，好似高貴的星月的眼神散發出爲了生存的堅強氣宇，在深夜的海裡「敵人」除了自己以外，其他的全是虛無的。我對他的敬佩，以微笑目送他。

家父「濃縮身軀」側躺在我水泥涼台的電腦桌下，以桌面當屋頂，以水泥地爲床，算是不太好的「睡眠空間」，我看著錶，時針指向3:30AM，我看見披在他身上的被單有在正常呼吸，「好好睡吧！」我說在心裡。我抽根菸，合閉電腦，繼續亮著桌燈，看著涼亭外的細雨，看著仍在呼吸的被單，同時等待第一隻「正常」的公雞鳴出黎明前的「鐘聲」。公雞鳴出「正常」的「鐘聲」，父親還很「正常」的時候，跟我說過，「那是吉利的夜，是夜潛的良辰，抓鸚哥魚好時機。」

孩子們的母親此刻在沙發上正如熟睡的鸚哥魚，呼吸正常；孩子們的祖父在水泥地上也如迷糊的老人魚分不清是晝是夜的昏睡，他倆都是我最愛的親人。我背起我徒手潛水的用具，自製魚槍，不打擾家人的睡眠，挾著中年男人膽識，在暗夜裡獨自走「我要走的路」，如我的朋友夏曼．馬洛努斯一樣，心中早已沒有「惡靈」的困擾，有的只是唯一的，也是單純的，成熟的達悟男人在海裡實踐生計的本能，孕育膽識，貯存與海共生的能量，也是我們島上眾多無產階級者獲得原初食物，唯一的技能。當然，夜潛比午後潛水更能讓我「清醒」。

「老人岩」，我夜潛的地方，離環島公路約莫一公里，我部落的中年人稱之爲「牛墳谷」。這是過去「輔導會」的牛隻踐踏我們的地瓜田的時候，我們便把少數牛隻驅趕到「老人岩」，此谷地形如ㄇ字，凹口面海，是七八十左右的坡度，所以牛隻被我們驅趕下來，往往是「墜坡」而死，如有半條命，石頭與礁石畢竟是比牛骨堅硬，誰與它強力「正面撞擊」，惟「認命」是也！況且笨牛畢竟不是敏捷的山羊，笨大的身軀，上帝的指令是讓牠在平面的路「走」，而非爬陡坡。（所幸，我們當時不吃牛肉，吾靈無罪矣！）

我的手電筒照明陡峻的下坡路，心裡想著父親的話「讓風帶走惡靈」，一個人走著感覺好像在教堂。手掌貼在心臟，小心翼翼的走陡坡，仰望天空密密麻麻的眼睛，說，眞有魔鬼的話，早遇見它們了。其實，在家寫論文的這幾個月，我經常在凌晨一人獨自夜潛射魚，在清晨回家，目的是在這種自己營造的「黑色場景」清醒我自己，從黑夜到白晝，爲自己尋找潛水射魚的時段，屬於自己的孤獨世界。孩子們的母親，因而說我「腦袋」有問題。

老人岩凹口左右面海背山，間距各約五十公尺，面海右側有一個天然洞穴，深寬有二十公尺，高度差不多有五層樓。我坐在洞口隆起的礁石，點燃一根菸抽，身邊也點燃三根菸，算是獻祭給看不見臉孔的人（指魔鬼）的禮物。沉靜在夜間的海，孤伶的靈魂，孤伶的我，宛如在黑色的教堂，我是上帝唯一的受洗者，潮間帶宣洩的濤聲好似眾女天使的合音，彼時備感舒暢。用力吸著菸照明腕錶，時針指向4:00AM。

我以海水洗臉、洗頭、洗面鏡，水灌進我的水母衣。感覺秋冬的海水比起夏天來得溫暖，更適合於潛泳。銀白的浪沫輕吻我的蛙鞋，海洋的風經過我的臉龐，我因而逐漸沉沒浸淫在夜間浪沫的水世界。此刻，照明的電筒煞似水精靈放射的銀光，在浩瀚的水裡胡亂掃射，我像是「亡後靈魂」似的尋覓一個居留的洞穴。

夜行性的小魚如紅鐵甲、紅目鰱、白毛等等棲息在礁岩洞穴縫隙，被照射的眼睛呈現透明的晶體，這是媽媽最喜愛生吃的魚眼睛，首先射四五條紅鐵甲（女人吃的魚。達悟男人尊敬婦女的傳統觀念）給媽媽，孩子們的外祖母，孩子們的母親之後，便開始游向外海努力的潛泳在礁岩洞穴縫隙尋找七八斤以上大尾的鸚哥魚。

電筒照明深邃無垠，暗幽莫測的外海，浮游生物的銀光繁如星空，何止是神祕可形容的呢！如此的情境對我早已不構成任何的恐懼，只是平心的感受大海原來的「寧靜」給自己帶來的快感，然而，以此安慰自己的同時，終究要潛入礁縫尋找「獵物」。

漁夫的信仰，始終緊貼在「原初」入海前的預感，就快要清晨五點了，顯然，原初大海邀我潛水將有大魚的預感，只是我的幻想罷了，我邊游邊想著。宛如漂流椰子似的頭，伸出海面，看看海平線，看看天空的眼睛，覺得天空尚未亮出白板前，應該還有希望在礁縫實現預感。說來，還真的很讓我難以理解的是，原來「吉祥」的預感一直存在於我心中的，在我潛泳三四塊地瓜田的時間時，我射了一尾兩個手掌大的六棘鼻魚（男人吃的魚），射來給父親吃，電筒同時照明到礁洞裡有一尾大的龍頭青哥魚（mitangoz）。彼時，我感覺到額頭在冒汗，於是加快動作取掉魚槍鐵條的六棘鼻魚，而後丟給「善靈」當晚餐（清晨是惡靈的傍晚）。我迅速的拉起橡皮勾在鐵條上，調整呼吸，吸一口長氣潛下去，吉祥的預感終究是不會「說謊」的，龍頭青哥魚動也不動昏睡在洞口，只見一張一合的鰓有節奏的呼吸，我毫不遲疑的從上瞄準其雙眼中間的頭殼，無情的鐵條說給魚聽：「你原來就是屬於我的。」有情感的我，無感情的鐵條，彷彿青哥魚理解我凌晨造訪大海的目的，射穿其頭殼的同時，她衝出礁縫帶領我上岸。

吉祥的預感終究是不會「說謊」的，我坐在洞口隆起的礁石上，點燃一根菸，也點燃一根給黑暗中的「朋友」，暗幽的洞口彷彿就要囫圇吞下我似的，也許暗幽的神祕帶給人的恐懼，其實是人們帶給黑暗恐怖的，此刻的我，是黑暗裡最幸福的人。龍頭青哥魚與我的魚槍共枕平躺在礁石上，我關掉電筒的燈，等待海平線亮出白板，就在這個時候，我面海左側「老人岩」的根部的海溝出現一條耗了電池放射出淡黃的弱光，顯然是一位有夠膽識的族人（老人岩，我部落的人形容爲惡靈的西門町）。那位兄弟的電筒忽隱忽現在潮間帶的海溝，並逐漸逼近深入天然洞穴的海溝，我看見他把一隻龍蝦裝進網袋，而後燈光消失的又潛入海溝深部，一分多鐘後，他上了岸。我像是「鬼」似的觀賞他的一舉一動，他慢慢的走向我休息的礁石，其實他上岸後的那一刻，我就知道是我的朋友夏曼・馬洛努斯。他小心翼翼的低頭照明他的礁石路，完全不知道我的存在，就在我眼前的一公尺，朋友突然照明到我的魚槍與一尾大青哥魚，他瞬間的反應是，立刻跑到潮間帶以淡黃的弱光可照明所及的距離，電筒胡亂掃射好一陣子，顯然很緊張。而我在他後邊悶不吭聲的，手掌捂著就快要放聲大笑的嘴，喜極而溢出的淚水沿著我凹凸不光滑的臉滴落。朋友依舊驚慌的胡亂掃射海面，東跑跑，西慌慌的查看所有潮間帶的海溝，查看是否有「浮屍」（傳統觀念非得找出「浮屍」，不論是否有親戚關係）。而我放置魚槍與青哥魚的地方是唯一出谷口的路。此刻，他的「驚嚇」樣，徹底讓我笑破肚皮。而牛墳谷的凹口對面是小蘭嶼，傳說這兒是兩地的惡靈直航的天然港澳，當然，朋友知道這個傳說，也知道我父親在五十多年前，從老人岩旁的某個海底洞穴取出一位溺死的親人，所以，某種程度的恐懼，他是有的。

過了撒泡尿的時間，天空依然黑暗，甭說洞口前的黑，他鎮定自己回來坐在我左側的礁石下，舉止怪異的從網袋取出防水的塑膠盒，從盒子裡拿根香菸點燃。抽了兩口後，朋友忽然轉身查看我的潛水用具，包括我裝魚的自製網袋，不但齊全，他也認識那些東西是我的。此刻，我不能再讓他擔心了，我說在心裡。

「朋友，你在哪兒呀！」他自言自語的，從肺腑小聲說的話。

「朋友，我在這兒！」我鎮定的說。

「唉……詛咒所有的惡靈，詛咒所有的惡靈……」一陣長長的、深深的如土狼伸頸仰頭嚎叫的音，撕裂了夜的寧靜，震裂了幽暗洞口的神祕，他飛到我身邊，用他結實的胳臂勒住我的頸子，久久之後，接著說：「我知道，那些用具是你的，你眞把我的心臟掏了出來呀，兄弟。」我想著朋友先前的「驚嚇」樣，尚未平息的還笑在心頭，任他扭轉我的脖子，平息他噴到極點的「怒氣」。

「兄弟，我『真的』不知道是你。」我懺悔的向他說聲抱歉。他看不清楚我的歉意的臉，我也看不清他被我捉弄憤怒的眼神，我即刻右手遞給他一瓶黑色的果汁，朋友二話不說的灌進喉頭，他一口，我一口。突然問我說：「你不喝維士比的，而你又怎麼知道我會來這兒抓龍蝦？」哈……哈……一陣後，我說：

「往這兒的路上有燈，從我家可以看到，我猜絕對是你，所以我帶了維士比在這兒與你共飲分享啊，兄弟。」

他瞇成海平線的雙眼，低沉的笑聲淹沒了他先前的怒氣。我倆沉默不語面對著小蘭嶼抽菸，喝維士比等待黎明。潮水滿到了極點，海洋的脾氣也變得溫柔了，但天空飄起了風與雨，海平線映出了灰白的雲層。我倆仍舊沉默不語，各自想著「我們的水世界」。

如果朋友會寫作的話，他的故事絕對比我精采。

回到了家，孩子們的媽媽大清早看到大尾的青哥魚，女人吃的艷紅的魚，很高興，且說：「神經病，凌晨去潛水射魚。」「讓風帶走惡靈！」我說在心裡。神經病，也許吧！

原載《聯合副刊》，二〇〇三年五月二十六至二十七日

我的祕密基地

好久以前，我肉體先前的靈魂曾告誡我說：「孩子，長大後不可在金恩巴那兒的海域潛水射魚。」當時我人還小，不知父親說這句話的意義。二十年後，父親告訴我說：「在金恩巴那兒的海底有個天然洞穴，我曾經在那兒潛海撈過溺死的族人。」

當他說這則故事給我聽的時候，我已經回蘭嶼定居開始在金恩巴的海域潛水射魚，並且逐日逐月的喜歡了金恩巴這個地方。

金恩巴是一個獨立礁岩的名字，達悟語言的字義說是：被海浪斧削（侵蝕）的礁岩的意思。然而從外海觀看獨立礁金恩巴，它卻像個有眼睛、有鼻子、有嘴巴、頂上有頭髮（羅漢松）的人頭。

連接金恩巴的陸地全是大塊的鵝卵石，面海左邊有兩個天然的海池，一道小海溝通大海，是大小魚兒進出的捷徑，於是小海池常是小魚兒棲息的天堂，父親說：「小海池常是他在凌晨夜間漁撈大鸚哥魚、大石斑魚的地方。」我回想，我兒時經常在凌晨被父親喚醒吃生魚片，魚兒就是從這個小海池捉來的，面海右邊也是一個天然的洞穴，夏末秋初更是海蛇孵生下一代的窩，阿爸說：「在冬末春初的朔夜漲潮時段，龍蝦便爬出礁溝，在洞穴裡的平台集體出遊，一把火炬的照明，龍蝦暗紅的眼珠如是天空的眼睛動也不動的任你手掌捕抓。」然而金恩巴背面的坡地是一面很陡的草地，整年飽受海風的吹拂，於是草皮宛如是美拉尼西亞人綿密而蓬鬆的髮絲，腳掌踩上去感覺像是踏上雲端的舒適，然後，就在初春時分，野百合便從千孔的草皮根莖裡鑽出蒸發美麗，在二三月裡綻放出全是面海的乳白花瓣。因此金恩巴是三面陡峭的地形，我測算走下去的坡度是七十五度到八十度左右，是人跡罕至的地方。

回蘭嶼之後我經常在這兒潛海，對於金恩巴的天然景致未曾在意過它存在的美麗，也不了解海陸生態的變換，就像我父執輩們的思維一樣，只在意潮汐潮水與魚類的關係。有一天，從我達悟人的禁忌文化而言，那一天是潛水人潛水射魚的最後一天，也就是說，過了那一天就不可以再去使用魚槍潛水射魚，因為次日就是我達悟人的飛魚招漁祭。

那一天滿潮的時段很晚，潛海上岸時太陽已入海了，陰暗的午後讓我的思路湧出，坐在礁石上抽菸，想著父親告訴我這兒的傳說故事，說是：「金恩巴是靈異的聚會所。」想著媽媽生前跟我說過的話，說：「潛海前，說出你是誰，你的家族，好讓金恩巴的遊魂認識你的靈魂，你的體味。」後來這句話成了我到現在潛海時的護身符。

前幾年，就在媽媽眼瞎，她眼珠的世界成爲黑暗，父親的痴呆，日夜昏睡分不清早晨與黃昏後，我回到金恩巴，但不是在午後，而是凌晨的三四點鐘。手電筒照明我的路，父親說，過去他在半夜來這兒抓魚，腳掌就是他的手電筒，我很難體會他這句話，但父親確實是如此辛勤的養育我與小妹子。

我似乎沒有預感，那一年的三月父母親同時的離開了我。我凌晨三四點鐘去金恩巴潛海，爲父母親抓魚，我想的除了是回饋他們在我兒時給我的芋頭與新鮮魚外，但彼時我內心底層卻是一股想鑽入最爲沉靜的場域，只有天籟的原音，海風與海浪。在凌晨，我孤寂的面海，右手邊是一個深邃墨黑的洞，每一波宣洩的浪，洞裡便發出低沉「轟」聲，如是惡靈酣睡的鼻音；左邊即是一尊人頭形體，彷彿是夜夜伴著我望海星空的眞情摯友。如果說，有上帝的話，金恩巴就是上帝給我的戶外教堂，於是我一絲恐懼也沒有。海裡的黑，也許比陸地更黑吧，但我一個人沉醉在她的懷裡，在墨黑的水世界用一隻手電筒在水世界胡亂掃射梭巡獵物。一個人，獨自一人！原來，孤獨是幸福內臟，發覺自我存在（自戀與自卑）的本質。黎明降臨後，我立刻奔跑回家，爲他兩個老人家炊火備早餐，午夜過後，我又獨自的再訪金恩巴，夜夜的在這兒傾聽金恩巴給我的原音，也藉著它洗滌文明在我外形貼的標籤：自戀與自卑。

父母往生後，午後我依舊造訪金恩巴的海浪，我知道，我的父母親、大伯、我的五個祖父在這兒聞得出我的體味，還有我兒子的靈魂。

原載《自由副刊》，二〇〇六年十一月七日

原初勞動的想像

從研究所畢業後，已是知命天年的年紀了，彷彿過去的努力被定格在永恆波動的海洋，永恆是波紋般的心境。

回到原初的故鄉，再次與我肉體先前的靈魂（先父、先母）同居時，他們已是八十歲以上的老人了，而母親回到她原初的部落，讓晚年逐漸萎縮的身軀給大姊照顧，誠如我民族的俚語形容說：就要被釣魚竿碰觸到的夕陽（血肉生命的末期）。然而，回到了家，昔日源自心海親子相見的愉快心情，也彷彿接近了沒有無聲劇本的落幕階段。他們不再說很多心中的話，不再對我以召喚遊子靈魂儀式迎接，他們只是默默的坐在地上看著我這個經常離開他們如幻滅影子般的獨子，青苔淹沒了微笑。他們也不再抱怨，我們島上新舊文明重疊後失去許多原初生活質感的事，他們只是靜靜的望海，看天，聽風，彷彿血肉生命的末期，內心對孩子的期許，或是祈願的語言，如深秋的風飄走灰色的雲層，不留片片的彩色記憶似的。所幸，在我另一種的記憶是，他們成爲我在筆墨書寫的記憶對象與永恆的記憶。

遊子如我，也不知覺得沒有像從前一樣，回到家立刻脫下掩飾退了勞動肌肉線條的外衣拿起潛水射魚的魚槍，穿潛水衣去潛水，以新鮮的紅石斑魚取悅他們，孝順他們的腸胃。這一回，我反而去重新開墾他們已荒廢二十多年的數塊水芋田，算是服從於他們老人家的傳統觀念。

他們有句話猶在我耳邊，說：「成熟的達悟男人，必須平均分配勞動的對象，肚皮方能一直維持在中潮的程度。」意義指涉的是，陸地的食物與海裡的魚類，攝取必須均衡，男人要在海裡抓魚，也要在陸地上勞動，協助妻子種植水芋等根莖植物，兩性互助與互敬，這是我民族很特別的，山海均衡的思考方式，也爲我們基本的人生觀。

這句話的文化意含的解釋與體驗一直影響著我，甚至是一直最困擾著我。幾十年來，我的肉體與思維徘徊在舊文明與新文明，在大島與小島的時空中的平台上重疊，要有原初勞動者的體格，也要兼備知識分子憂鬱的氣質，於是在成長旅程中的命格，挫折淹沒了平順，承載著重疊而均衡的多元挫折。

原初我肉體先前的靈魂，以爲我去台灣念畢業後當老師的職業，說，這是他們流放我的因素，也是因爲，老人生前第一個認知的「職業」是老師（先父是日本人類學家馬淵東一在蘭嶼的第一代學生，後來短暫當番校代課老師），因而，除了師範系統的學校外，認爲其他的都不是大學（當然，我當時念的大學在他們的認知裡，不是大學）。後來回蘭嶼，我也當了三年的代課老師，聊表滿足了他對我的小願望，當然，我最後也讓他們失望了。但失望的另一個解釋是，滿足了他們對我最大的願望，「望子成人」。此「人」的解釋是狹義的，指傳統的達悟「男人」，必須理解與實踐達悟文化一年三季的歲時祭儀，以原初勞動的工作（傳統職業）作爲成熟達悟男人基本之社會責任。與此同時，腦海插入了新與舊的矛盾，如孩子們的母親貼切的形容我的命格說，我始終是「站錯邊」，站在沒有前途與錢途的這一邊。這是「工作」與「職業」的解釋，於是前途與錢途似乎是構成了現階段我在部落選擇「中潮程度」的矛盾，追求魚與熊掌兩得的生活方式。化約敘述的文字，可以說，我在選擇較單純平凡的生活節奏，讓命格沉醉在小島寡民，不爭名不奪利的無爲生活。爲此，也苦了在台北求學的，我肉體後來的靈魂（孩子們）。

原初勞動的對象，我唯一的，也爲眞正的目的，無非就是逃避，心中最害怕的聽到孩子們的母親懇求我在台灣，在蘭嶼謀份定點定時的差事做。

開墾從父母親繼承來的水芋田，種植水芋，因而成爲自己推託的最佳的理由。孩子們的母親理解，如此的勞動在達悟社會裡內在的文化意含，體會族人，原初的無須動大腦的體能勞動耗在從事初級生產的土地上的樂趣：如勞動力的交易，是建築在彼此間的友誼延續，而非金錢的交易，以及日常生活的思考重心，不斷再生的話題。在這個層次上，所有部落民族文化解釋的源頭或者說是，不斷重複勞動的能量，不斷的體驗大自然作爲勞動生產的對象時，累積的在地經驗知識，延伸到精神層次的傳統宗教信仰的領域，是建立同質共時性的價值觀。

對於我和後來肉體的靈魂們的媽媽，戰後接受過漢文化涵化的第一代的達悟人而言，原初的勞動無非就是傳統知識的承繼與再生，同時也藉此思念父母親在「舊石器時代」養育我們的恩澤。然而，我們的孩子們，在此前提下，嘗盡了父母親不在他們身邊，親子間連心連肉的痛苦。

孩子們的母親和我坐在田埂間嚼檳榔，觀賞我倆親手種植的翠綠嫩葉的芋頭，是一種遠勝於自己繳交碩士論文的喜悅，於是發現自己比較喜愛體能勞動流汗的成果，也許那種活動空間是無限延伸，不受定格空間的限制吧。風，夾著樹幹嫩葉的味道從山谷吹來，一陣又一陣令人舒暢的涼風，原來如泉水般的汗水迅速地被風風乾，惶恐也同時襲上腦海。因爲在我內心深處，對於定時定點的上班的工作，幾乎可以說是厭惡到了極點，唯恐此刻在我們做完水芋田的開墾，種植完芋頭的工作後，接著有正當的理由求我去上班。

在此情境裡，我再次的刻意恢復我原初的憂鬱性格，藉機展現我內心多元的憂慮；事實上，心中蒸騰著交錯糾纏的憂慮，並非是逃避，或者不要聽到孩子們的母親懇求我去謀份定點定時的差事做，說穿了，我是極度傾向傳統部落民族的日出而作，日落而息，以山海為勞動與生產的空間，接受自然節氣變換，分配自己的工作，時而山、時而海的生活節奏，也或者坐在家裡寫寫文章等等，是我終生的願望。

彼時，我刻意的轉身望著即將落海的太陽，話題轉向對自然景物的審美與觀賞，轉移孩子們的母親的注意力，也弱化她對孩子們在台北念書的總總擔憂。我於是外表表現像是沒有承受過外來文明影響的思維與語氣，說：

「父母已離開我們，屋院沒有曬飛魚架，等同於沒有男人的家屋，所以為了我們全家福的靈魂，我要造船。」

對於現今生活在蘭嶼，深受飛魚文化影響的達悟婦女而言，她們深深明瞭家屋沒有晾曬飛魚的文化意涵；飛魚季節達悟男人原來就是屬於海洋的，被請去別人家吃新鮮的飛魚，表示她是寡婦，或者她的先生是次等劣質的男人，在女人國的生活圈圈裡，沒有驕傲的原始基礎。因而深夜的飛魚季節，三五成群的在屋院閒聊，等待她們的男人回航登岸，儼然是她們把屋院轉換成男人的海洋的具體表徵，許多的女人之間的勞動互惠與相互的尊重，在此被傳遞與延續。

我現在的妻子，她明白家屋沒有飛魚的痛苦，而她又是如此的酷愛吃魚，串門子與三姑六婆閒聊，即刻間她陷入在潮間帶，選擇她的男人是屬於海洋，抑或是被柴煙燻出淚水（懶惰）的男人呢？我明白她複雜的心境，她皺起眉頭來，吐出口中的檳榔汁，望著無垠的汪洋，海平線的波浪，我們從小看到現在不曾改變過的自然現象的律動。在成長的過程，我們因他受過傳統的洗禮，也因他傳入了外來文化的侵略，讓我們在潮間帶混合的選擇朦朧的尊嚴與具體的挫折，爲此她流下達悟女人的淚水。

朦朧的尊嚴是傳統的種種事務在她心中，難於割捨被模糊化的焦距，具體的挫折是，對孩子們鮮少的關懷與照顧，以及我的沒有前途與錢途。她的淚水是重疊而複雜的，存在於她的心靈是，部落民族的原初經濟與現代社會的貨幣經濟的選擇，而她現在的男人無法選擇兩者兼得的職業，如公務員、老師等等的。

她忍不住淚水說：「上帝說：『嫁給異教徒是沒有幸福的生活。』事實證明，你確是如此。」

接著又說：「你只適合飄泊流浪，你就造船流浪吧！」

她不再多說一句話，獨自離開我們的水芋田，涼風再次的從山谷吹過來，而我已經結實的胳臂，煞似被尖銳的冰刀刺入骨髓般的痛苦。看著孩子們的母親單影隻身的沿著扭扭曲曲的田埂，是朦朧的尊嚴與具體的挫折，她憤怒的高聲吶喊道：

「啊……爲了我們後來的肉體們，我們的黃金（孩子），別再固執堅守沒有實質意義的，與幸福背道而馳的朦朧的尊嚴，我需要有薪水的生活。」聲音縈繞山谷裡，句句斧刻在心臟，刹然炸裂了我的肉體與靈魂，祖先所有傳承下來的一切，儼然已抵擋不住薪水背後的現實生活，於是站立在芋頭田邊的小瀑布降溫沸騰的挫折。

翌日清晨，我依然扛著斧頭上山伐木，孩子們的母親哽咽的說：

「將來你的船可以裝滿飛魚，卻容納不下一斤兩的幸福。」

我枯坐在倒下的木柴上思考，但願薪水不是幸福的道具，我說在內心。

原載《中時人間副刊》，二〇〇四年三月十一日

興隆雜貨店

這是在我小學三年下的時候發生的故事，而興隆雜貨店是我出生的第五年，我們島上二次戰後把族人從以物易物的原初經濟的生活型態帶進貨幣交易的店面。雜貨店不僅提供族人當時最迫切的需求，如斧頭、鐮刀、鋁鍋等等便利的器皿，同時此種便利的種種器皿就是日常生活用品的轉換背後，即是價値觀的轉型。

每年的飛魚季節，每逢島上吹微微的西南風的時候，部落附近水芋田的田蛙常常徹夜的叫個不停，西南風吹的越強蛙鳴也就慘叫得越厲害，讓我們睡眠的品質差。然而，蛙鳴的音樂就成爲我們較年長的少年族人，當時在夜間以瓦斯燈①捕捉牠們的信息，尤其在漆黑沒有月光的晚上，芋頭田上的瓦斯燈好似流動的大型的螢火蟲，目的就是抓青蛙，因爲島上後來的移民，漢人愛吃牠的緣故，讓我們進一步的理解，飛魚季節的來臨也就是青蛙產卵求偶叫鳴的季節。

我們的祖先有這麼一句話，說，吃青蛙的族人是「低等的人類」，我的父母親也告訴我，青蛙的長相醜陋，在我們文化知識裡牠們不屬於吃的食物類，因爲海裡的魚類是如此的豐富，說，「吃青蛙是資質低能者的食物。」達悟傳統上，無論如何的解釋青蛙，「青蛙的長相醜陋」、「低等的人類」就是我當時到現在不吃牠的主要理由。幸好許多民族不屬於我這個民族，否則就是把許多族群一把抓的全罵進去了，那就等於我不可以住在台灣，後果還眞是不堪想像。然而，我們當時那位平埔族的老師卻一把抓的說我的民族是「笨蛋」，因爲我們不吃他所謂的很有營養的「食物」。顯然，「長相醜陋」與「營養的食物」在不同民族的食物認知裡有很大的落差，簡單來說：文明化越深的民族，或個人，越講究食物的營養，反之，文明化不深如我的民族，追求的是食物形體的美與食物在文化裡流傳的典故，如旗魚、劍魚是日本料理店最上乘的生魚片，海參、比目魚（法國人、日本人的最愛），我的民族卻說是長相醜陋，所以不吃牠，又如魚池養殖的吳郭魚不是海裡的魚類，所以也不吃牠，視爲垃圾食物。故事是這樣進行的。

田蛙徹夜的叫個不停，讓我幾位不寫作業的同學睡不著。那時父親出海捕飛魚，而我正在涼台上的煤油燈下認眞的寫數學習題作業，南南西風吹來鹹度、飛魚腥味很重的風，風從灘頭帶來男人慶豐收的對話，皎潔的月光把鄰居的婦女引到隔壁家的屋院，嘰哩呱啦的述說她們所認識的天堂，一切談天的情緒彷彿隨著波浪的起伏等待她們孩子們的父親滿載返航之信息。

「嘿，下來啦！」

「什麼事？」我說。煤油燈的淡黃的微光照射在幾位同學的臉上，如我相似的質樸臉蛋，等同潔白的眼珠輻射出輕微的興奮。朦朧的良辰美景，點點船舟浪漫的在海上漂流，傳來歌詠滿載返航的歌聲，彷彿夜空下海面上歌詠著對海神發自肺腑的詩篇，那一夜並沒有吸引我們走向部落灘頭迎接捕魚的船隊，沒在柔和的月光下築夢。彼時，我那搗蛋鬼的同學吉吉米特，說：「嘿，下來啦！你又不是聰明的人。」

「對呀，你又不是聰明的人，下來啦！」幾位跟班也接著損我的說，我理解我自己，在學校不是聰明的人，從進漢人學校的第一天，小祖父（祖父的么弟）就事先詛咒過我，說：「別在漢人的學校變得聰明。」

「什麼事？」我說。

「我們去偷那個興隆雜貨店的青蛙。」微弱的清脆聲煞似嘴角貼在門縫傳出來的感覺，我遲疑了半晌，又被說：

「哎，你很不凶悍啊！」（漢語的意思，沒有膽量。）

一九六六年，我們的島嶼仍然沒有火力發電廠，雜貨店的燈，如我家一樣的煤油燈照明，因此入夜過後不久，天空的眼睛就是我們夜間走路時的燈。從我家走向雜貨店那段很短的不到一百公尺的路程，是我們正在進行一項十歲以前的生命史首次最大的計畫——偷青蛙。這個行為，我們的單純讓我們恐懼，彷彿我們腳下的鵝卵石也知道似的。

「眞的要去偷嗎？」

「如果我們成功，你不可以跟我們要糖果吃，喔！」

「哎，你很不兇悍啊！」

「你又不是聰明的人。」四個人都在說我不兇悍。

我們疊羅漢的爬上蘭嶼分駐所所長宿舍的水泥屋頂，此與雜貨店相距約莫十公尺。當月亮被雲層遮住時，我們起身觀察雜貨店內的狀況，雲層被風帶走後，便假裝的躺下來觀賞星空。我們不這樣，部落裡用不完體力的玩伴會爬上和我們哈拉，而破壞了我們的計畫。

「青蛙會叫，我們偷的時候。」我說。

「就知道你不是聰明的人。」吉吉米特說，卡斯瓦勒接腔道：

「牠們在吉吉米特挖的洞窟裡，體力不好，沒有體力叫囂啦。」

顯然策劃的主謀是吉吉米特，也是我最好的夥伴，他熟悉店內的空間，熟悉青蛙叫鳴久了之後，體力也就耗盡了，就像我們島上當時從台灣移民來的囚犯，白天服勞役消耗體能，晚間就乖順的睡覺一樣，這讓我心安許多。

假日，我是吉吉米特、卡斯瓦勒在水芋田、河溪抓野生青蛙，抓鰻魚的跟班，我厭惡青蛙的長相，厭惡鰻魚黏滑的身體，也害怕他們踐踏族人辛苦耕種的芋田裡的芋頭，所以我大部分都走在田埂提他們抓的青蛙，這是爲了幾塊買糖果的錢選擇甘願當跟班。今夜爲了要延續跟他們的情誼和幾塊買糖果的錢，以及改變我在他們心目中不凶悍的形象，只好假裝凶悍。

夜空的月光被雲層遮住，雜貨店內的煤油燈從木窗縫隙放射到屋外的光顯得明亮，我們趴著觀看縫隙內部走動的人影，彼時討厭他們沒有早睡的習慣。過了許多次趴著觀看店內的煤油燈，躺著望星空的等待，內部的聚會最後終究在節省煤油下屋暗人散。店內走出五位穿著綠色軍服的士官老兵，嘰哩呱啦說著我們聽不懂的大陸人特有的鄉言，走起路來少了正常狀態下的直線走姿，左右左右搖晃的胡理八說，吉吉米特說：

「老兵們喝醉了。」這是我們第一次看過人喝醉的樣子。

「好像傻瓜傻瓜的樣子。」卡斯瓦勒嬉笑的說。

雜貨店胖胖的老闆娘穿著寬鬆的，似是睡袍的衣服兩手叉腰站在門口目送她的客人，吆喝道：「明天再來喝高粱酒吃青蛙，啊！」清靜的夜色，民風的淳樸，這句話我們聽在耳朵，還眞是污染了我們的耳膜。南南西風時而微強時而微弱輕拂著她的外衣內肥肥的臀部，從門口放射的煤油燈光，門型的倒影框住了她福態的身影，在漆黑的夜看來滿撩人的，於是我們如夜色般純潔的心摻入混濁了生平首回的遐想，卡斯瓦勒嬉笑的說：

「但願未來我的太太像她一樣。」聽了，我們四人立刻拱身雙手抱肚爆笑，好似腸胃被鈍的雙刃驅魔匕首上下的戳，戳掉胃壁的黏膜，令我們七孔溢出體內的污水，一會兒後我們捻掉各自噴出的鼻涕，讓呼吸順暢，剛捻掉鼻涕卡斯瓦勒望著浩瀚的天宇一本正經的又說：

「我深愛胖胖的胖胖的女人。」又引來一陣憋氣的大笑，笑得疼了肚皮，幸好南南風很快的吹乾我們爆笑的汗，而他對未來胖胖的女人作爲選擇太太的標準，多少也降低了我們偷竊行爲的害怕與罪惡感，縮短我們爆笑的秒數。半空中的風又帶走了天空的雲，呈現在眼簾的月亮恰好是一半，此刻正朝著她下海的軌跡放出很弱而幻黃的光。五位穿著綠色軍服的老兵拐過了國民黨蘭嶼鄉黨部新建物的轉角後，胖胖的老闆娘又吆喝道：「明天再來喝酒吃青蛙啊！」鏗鏘刺耳的聲音是我們族人少有的音貝，感覺部落的人在夜裡都聽見似的。說完，老闆娘在卡斯瓦勒眼中撩人的身影，在她關起了木門，捧著煤油燈進入其臥室之後，我們的心思進入偷竊的備戰狀態。

老闆娘身高約莫一六幾左右，一頭長髮，圓圓的臉擦上品質差的粉底，雙眼經常畫上黑色圓圈的眉筆，掩飾其短而疏的睫毛，如一粒花生米的鳳眼，長在肉很多的臉上看來怪怪的，而不十分性感的雙唇常常抹上當時最紅的口紅，在我們島上這樣的化妝算是奇蹟，常引來達悟成熟男人萬分詭異的側目，飽足眼福。她由於很怕熱，所以經常穿著寬鬆的似是睡袍的衣服走到村子裡，日後成爲她的標誌，也正是她吸引族人、老兵光顧雜貨店的不朽的利器，也爲老兵們駐守在戰爭邊緣的島嶼，透過雙眼刺激他們的腎上線素的幻想對象。她的先生姓賴，是個瘦皮個兒，方型臉，鄉公所職員，留著難看的西裝頭，嗜好打麻將、喝酒與吃檳榔，卻很會說我們的話，他們是台東來的河洛人，有一對長像不算是美麗的兒女，是我們沒有糖吃時勒索的唯一對象。

雜貨店坐落在我們學校左下方，是我們島上當時最好的建築住屋，店面面海的左邊是台東縣蘭嶼警察分駐所②，右邊是國民黨蘭嶼鄉黨部，山地青年文化服務隊的中心。雜貨店原來也是鄉公所職員宿舍，老賴從提前退休的公所秘書承租來的，而後做生意，這兒於是成爲我們島上當時最熱絡的交易中心，搜括我們島上有經濟交易價值的動植物，如烏木、海芙蓉、蘭花，珠光鳳蝶、月光貝等等的。也爲我們上下學必經的路。

老闆娘熄滅了其房間裡的煤油燈罩，一切的景致回歸到自然界原初靜靄的時空，我們逐漸接近偷竊的暴風，心臟跳動也因而漸次的加速，沸煮蒸騰我們的緊張，加上月亮幻黃笑容的監督，在我們挖空竹籬欄下的土石，汗流在我們純潔的面容時，心臟跳動聲遠勝於鼻孔的呼吸聲。

吉吉米特當時瘦小而結實的身軀，輕易的從竹籬欄下我們挖空的小小縫隙爬進店內，命令我們說：

「別把挖的土與乾燥的鵝卵石混在一起。」

「快點，麵粉袋給我。」又說。他天生敏捷的動作，不到我們十次呼吸的時間就爬出來了，接著又迅速的把土堆恢復原來的形貌，並藉著通往海邊高高的蘆葦作爲逃離的天然帷幕。彼時我們不斷地聽聞部落裡一些野狗的吼叫，如此的聲音固然我們已習慣，但在那個時候，野狗的吼叫正是對著一群抓青蛙回來的族人。

吉吉米特走在前頭，卡斯瓦勒背著麵粉袋裡的青蛙跟著，依序是我，杜馬洛與沙浪。顯然，此舉又是吉吉米特的原先計畫逃往的捷徑，穿過了囚犯白天服勞役開闢的石子公路，鑽進公路邊旁的，灘頭外圍的林投樹裡，在那兒等待海平線上的月亮下海。也許吉吉米特習慣了偷竊，以至於看不出他的緊張，而我的心跳宛如波浪似的無法停止脈動，而杜馬洛與沙浪的心境，如波浪般的陶醉在卡斯瓦勒胖胖的妻子的遐想裡。

最後我們又在吉吉米特的帶領下，在夜色完全漆黑，夜航捕魚的長輩回家後，我們沿著林投樹走到海邊附近的芋頭田，除了把麵粉袋塗上芋田裡的泥巴外，我們每一個人也在臉上，腳上，衣服上也塗上泥巴，表示我們眞的有去田裡抓野生青蛙的模樣。然而，我心裡想著，月亮有看見我們的青蛙是偷來的，於是心中的不安早已存在。一切煞似從田裡抓青蛙回來的模樣之後，便走向部落裡最靠近雜貨店的涼台休息，等待黎明，也期待錢幣握在手掌裡的感覺，彼時我們說話的同時嘴裡已溢出想像吃糖的口液。

天亮了，吉吉米特命令我們不得用水洗臉，我們迅速的穿越石頭砌成的通往雜貨店的小徑。吉吉米特跑到老闆娘臥室的木窗邊，說：「老闆娘，我來賣青蛙給妳，快起來啦！」

久久後，胖胖的老闆娘扳開了木門，揉著瞇瞇的雙眼，呼出的口氣盡是酒味，同時，我們四人的目光焦距移動在卡斯瓦勒的面部表情，與老闆娘揉著雙眼下的衣服，她說，「那麼早起來幹嘛，快進來秤一秤。」卡斯瓦勒跟在她身後，平視如他身高的老闆娘如兩個月亮大的臀部，我們用手捂著嘴進屋，過了一會兒，她命令吉吉米特把青蛙倒進洞裡，錢拿給卡斯瓦勒。

「謝謝老闆娘。」卡斯瓦勒的笑容，把塗在臉上的泥巴擠掉了。走出木門前，卡斯瓦勒回頭凝望老闆娘，再次說聲謝謝，我們用盡力氣捂著嘴，一走出屋，我們像是洩了氣的汽球胡亂狂飛，像鬼頭刀魚即將吞食飛魚樣的飛躍復翻轉，躲到國民黨鄉黨部廁所邊的角落數錢。卡斯瓦勒把錢交給吉吉米特，他說，每人十五塊，餘款當作我們買糖的公款，除了吉吉米特外，我們的雙手緊緊的握住自己的十五塊，深恐風從我們的小手掌吹走，這是我們這一生的第一筆錢幣，是偷來的青蛙換來的錢。爾後吉吉米特又把我們帶回到雜貨店，我們四人並排的站在他身後，他進了店裡拿出四根竹掃把，老闆娘也走出來，問了卡斯瓦勒，說：「五塊給你，你去跟你爸爸拿十條飛魚來。」我們才掃店外空地幾下，卡斯瓦勒不氣喘的回來把十條飛魚給正在外頭蹲著洗臉的老闆娘。

「老闆娘，給妳飛魚。」「嗯，放在那邊。」

「老闆娘掃好了，二十塊給你，在桌上，我們拿二十塊的黑糖。」吉吉米特接著說。

「嗯，放在那邊。」吉吉米特的家在我家的後面，他是勤快的小孩，在我們賣完青蛙回到自己的家後，他幫著他的母親到公共水源處提水來回數趟後，用姑婆葉包了一條飛魚跑來我與卡斯瓦勒家的交界線一面吃黑糖一面吃飛魚的談天，杜馬洛、沙浪後來也都跑來享用芋頭沾黑糖配飛魚吃的早餐。五人又聚在一起，部落的人，這一代的小學生都因熱騰騰的飛魚而喜樂，每戶人家在屋外涼台上團聚吃飛魚的景象可看出景象的熱絡，話題很快的又轉到卡斯瓦勒身上，於是我們爆笑的牙齒都漆上了黑糖融化後的褐色，也好似我們外表的肌膚，但我們吃黑糖的速度比飛魚快。接著我們又順著斜坡飛跑到灘頭目送出海釣鬼頭刀魚的船隊。

太陽躍過拉比克山頂約一根釣魚竿後，是我們上學的時間了，我們沿著偷青蛙的路線到雜貨店前與其他同學會合準備集合排隊上學，而吉吉米特命令似的口氣對卡斯瓦勒說：「不可以買糖吃。」我們理解這句話的意思，除了被同學質疑外，主要的理由是高年級的學長會瓜分我們的糖。

第一節下課後，兩位我部落裡的六年級的男學長帶領我們的導師，在學校後方的蘆葦叢裡找到我們，說：「ㄌㄠˋ（老）師，ㄋㄟˋ一刊（你看），吃糖果他們。」之後，我們被帶到雜貨店裡，那兩位學長在老闆娘、兩位警員與老師的面前說；「握（我）們的青蛙綠綠的，笑（小）鬼的青蛙是黃黃的。」老闆娘於是知道野生青蛙是綠色的，也知道我們偷了她收購的青蛙。那兩位學長接著對我們說：「ㄉㄜˋ斯，ㄋ一ㄡㄖˋ一（活該你們）。」

我們不僅百口莫辯，也被同學諷刺為「青蛙的祖父」。然後到警察局問筆錄，罪名為「偷青蛙」，罪證確鑿，簽字上蓋上我們大拇指的指紋。我們在警察局的警閉室被關到學校放學。警察局就在興隆雜貨店隔壁，是我們放學後解散的地方，彼時我們從警閉室排列出來，老師命令同學們對我們高喊說：「青蛙的祖父，好！青蛙的祖父，好！」同學們嘶笑露出的白牙是我們最大的痛。從那天起我們連續六個晚上抓青蛙作為賠償老闆娘損失的錢。然而，老闆娘疼愛吉吉米特，減弱了我們的罪惡感，其次，卡斯瓦勒熱愛胖胖的老闆娘，對她的遐想也降低了我們在夜間抓青蛙時害怕魔鬼的族性。

原載《印刻文學生活誌》二十八期，二〇〇五年十二月

註

①瓦斯燈：當時燈的下層放些硬的瓦斯石，上層裝上水，水滴到下層的瓦斯石就會液化，兩個似是鉗子型的噴氣孔就噴出瓦斯氣，點了火就會亮。興隆雜貨店賣瓦斯燈賺了很多達悟人的錢。

②原址是日據時代我們島上番童學校總部。

航海的感想

「航海」原初就是自己兒時非常希望實現的夢，這樣的夢，是因爲自己在有了記憶，有了幻想之後就一直存在於腦海，好似波波的海浪一直陪著我成長，陪著我的腳印從我居住的小島移動到另一個大島，也像是我青春期似曾相識的初戀情人忽隱忽現在心臟的記憶，釣足了我汪洋大海的欲望；其次是，也是影響我一生最大的，就是我的民族的造船與捕撈飛魚的文化，讓我們達悟小孩的童年在部落灘頭與海浪朝夕相伴，習慣了從灘頭遠眺海平線，成爲我們想像未來非常重要的想像對象。航海的夢從那個時候開始被成長在我心中。

只是國中畢業的三年後，被同學吉吉米特先行實踐我們兒時相似的航海夢，彼時我是非常的羨慕他。然而如此的航海夢的實現，從我們蘭嶼達悟人的觀念說是：mankeskeran，詞意是，肉體和靈魂過境或是入境許多個島嶼。對吉吉米特而言，海洋是他漂泊的溫床，不斷在波峰與波谷間重覆其一生的喜悅與悲痛，療癒他爲人所不知的心痛殤痕；而我，所謂的航海，只是在有生之年的命格裡，偶然間短暫發生的故事，本質是追求浪漫。

這次的活動是「人類文明探索關懷協會」，試圖重建南島民族由西向東航海的偉大航海史，重溫南島民族過去的歷史記憶集體性的榮耀，從印尼、大洋洲、南太平洋、南美、北美，而後再從北美到北太平洋的夏威夷向西南航海到大洋洲的麥克羅尼西亞、澳洲、印尼、台灣，以及日本東京爲航海的終點站，航時至少一年半載的活動，實現亞洲人過去的航海偉業。同時，目的也在解構歐洲航海史自一四九二年哥倫布被美洲大陸發現以來，自居爲偉大的航海民族，刻意欺壓南島語族千年的航海史詩。

出發

二〇〇五年的五月二十九日，早上從台北到印尼巴里島（Bali）登巴沙（Denpassa）機場，當天再飛到蘇拉維西島（Sulawesi）錫江市（Makassar）的機場時，已經是晚上的八點鐘左右，緊接著再坐四個小時多的車程到Polewali村某個靠近海邊的民宿，抵達目的地已是凌晨的二點多了，環太平洋航海活動的起點就從這兒啓程。

這一路上不知什麼緣故我一直是沉默不想說說話，給我的正式航海前的心情染上一層灰色的雲霧。計程車司機不會說半句英文，我們也只會說兩句印尼話，於是感覺這一路上有些無聊和疲憊。眼睛跟著車燈掃描這一段的路程，車速很快讓自己對這個過程沒有一毫的記憶，也沒有一絲的興奮，彷彿預感生平第一次的參與，稱之「航海」的國際文化交流的活動，失去了兒時對航海的浪漫想像。海洋是藝術的代名詞，也是編織美麗故事的主角，這句話我從小就從祖父輩們聽到的語言，並且把它記憶在心的海底，想著這句過去的記憶，他們恰如我現在的年紀。但在此時，卻成為事實，差異是，祖父輩們從我們的屋院由北向南遠眺海平線想像這一條線上的水路世界，而我幾乎是不可思議的從這一條線上的水路世界實現航海的夢。此刻於是問自己，說，我來航海是爲了什麼目的？這不是我從小最企盼實現的夢嗎？這是過去的想像與現今實現想像的矛盾，也是陷入在海浪先有波峰，抑或是波谷的不解之謎題。

夜間南北往返Polewali村的車數，隨著逐時接近午夜的刻度而減少，車燈也好像漸漸的清晰了起來。這一路上，對我來說，也許是原初的感受與經驗，也或許是深受我民族的靈魂信仰的影響吧。航海的夢在實現之前，卻是完全破除了我對他的浪漫想像，此刻已故的雙親，大伯等親人慈祥的面容不時的浮現在我腦海，他們過去的生活節奏是浪漫的，完全隨著大海的脾氣生活，不曾為現實的貨幣生活傷透腦筋；而我和妻小、兄妹卻是隨著金錢的多寡，刻畫面容的悲與喜，在父祖輩們思維裡說是苟延殘喘。

Polewali村的民宿，日本航海冒險家山本良行是這個航海計畫的策劃人與最主要的主角，簡單來說，我和幾位印尼人是陪著他航海「玩命」的配角。第二天，我們一行人，稱之「航海家」在Polewali村的沙灘上檢查所有的裝備，以及一些簡單的救生配備。我事前做了一些功課，以及依賴著自己在蘭嶼島在水面上下生存的經驗，只攜帶雨衣、防寒衣、防水手電。而五位印尼水手，我看在眼裡想在心裡，他們的表現是極端的，他們除了完全仰賴山本先生的指示外，所謂的極端的意義是，他們在同國籍的印尼人面前刻意展現「海上英雄」的姿態，但當他們沉默不語的時候，我透視出他們的眼神是怯懦的；原因是，他們航海的動機是離開他部落的貧窮，藉著遠行的機會是遠離部落，遠離貧窮，在其部落社會挽救自己的貧窮，提升其社會地位，是英雄的具體表現。假如他們順利完成一年半載的航海，他們有牛永遠可以吹，我的解釋是，人生的附加價值，所以他們參與航海就是完全爲了給其部落的人展示，他不單有「過人」的膽識，同時也多了千百萬元作爲炫耀於族人的本錢；其次，怯懦是因爲他們幾乎是文盲，對印尼以外的這個世界是非常陌生的。

Polewali村的沙灘上堆滿了垃圾，令我作嘔，也站滿了好奇的當地住民及數不清的孩童，這正是落後國家給地球增加垃圾製造重量的鐵證。山本先生說是，他們空腹兩天沒吃飯也不忘記做愛，而非飽暖思淫慾。

我們終於在上午的九點鐘左右揚帆啓航，在船上的我們和陸地上的人們彼此進行國際間道別時共通的儀式「揮揮手」，對我而言，也是向北方的蘭嶼親人，族人「揮揮手」，這也是接受與傳送祝福的儀式。

汪洋上的日子

在海上五位印尼人在我眼前不斷的以手指指著陸地上他來自的部落，同時也很積極的整理釣具，乍看彷彿是釣魚的好手。啓航後的第一天我觀察他們在船上的一舉一動，而且很快的就放下魚線魚鉤，且跟我說：我們很快就會有新鮮魚吃。我們啓航的地點是在赤道以南，所以我們是沿著蘇拉維西島的西邊往北航行。出海後的三天，天氣眞的是晴空萬里，風平浪靜綿延數海浬，船上共九人（兩位印尼記者），在船上十七公尺長，兩米寬的空間共同生活算是很擁擠。那些印尼人依然釣不到半片魚鱗，他們原初在我眼前展示高漲的驕傲漸漸地被降溫，我們彼此間的熱情同時也在難以想像的「酷熱」下被磨損，艷陽直接照射大海又折射反光，感覺身體的內部也同時在加溫，眼睛也受不了從日出到日落的直射，尤其是正午時太陽在頭頂，躲也躲不開，因爲這艘船沒有船艙可躲風雨日曬。在海上的第五天，遙遠的北方出現大片的烏雲，感覺吹來的風帶來陣陣的涼意，不多久，船隻好像闖進暗黑的烏雲煙霧內部，四周盡是粗粗的雨絲灑落海面時濺起的雨霧，這一天是我們在海上最舒服最乾淨的一天，收起了船帆坐在甲板上，藉著雨水清洗全身，但一小時以後我們開始穿雨衣，因爲船上沒有醫生和醫院。這個烏雲煙霧爲時近三個小時，船隻在天空下與海面上航行的感覺好像在夜間似的，以海爲床，以天爲頂彷彿海神拉著船走而不是船在航行。

伙食與新鮮魚

在海上航行十二天之後，我們找了一個小海灣某個村落補給食物與燃料油，然而那些自稱是拖釣高手的印尼水手依然釣不到魚，而我們在船上吃的新鮮魚是我們在航海途中他們向漁船要來的魚。這些魚不但免費送給我們，同時也好奇我們以達悟族的圖案雕的船。新鮮魚總始終是讓人興奮雀躍的食物，況且這些印尼人全是回教徒，魚是他們口中最佳的食物。船上百般無聊的日子，在白晝與黑夜的輪替是我們的電視，而我與山本的對話也只圍繞在風、海、雨、船帆與羅盤，我如船隻一樣的孤獨靜靜的被海神拖著靈魂飄到下一站的下一站。

在海上十多天以來，除了厭惡他們自以爲是釣魚高手的姿態外，在我心中也開始討厭我們的食物。早餐喝咖啡與餅乾，中餐與晚餐永遠是印尼白米與泡麵，然而這樣的食物是我們唯一的選擇。船遠離蘇拉維西島開始向東航海之後，有一天的凌晨，我開始下我的拖釣線，很快的，就在天剛破曉，海平線泛起白光後，我釣了一尾鬼頭刀魚，這是這艘船初獲魚，於是山本先生向這些印尼人說，你們五人全輸給夏曼先生，夏曼是我們這艘船的福星。他們的表情是「心有不服」，然而，他們依然下鉤試圖破解山本先生的咒語，後來眞的被他們釣到比我大一倍的鬼頭刀魚，讓他們的驕傲從海底起死回生，於是我聽不同的印尼語話說故事的口水重量比鬼頭刀魚重，這些朋友露出了海上漂泊數十天來最驕傲的微笑，而我不斷的以一度讚的手勢讚美他們的厲害。

也許，我眞的是這艘船的福星罷，當我們吃完這條魚之後，他們不但沒有再釣到一尾的魚，反而我連續的釣到一尾梭魚與一尾丁挽魚（sawala），從那時他們承認我比他們厲害，對我而言，比他們厲害根本就是無關緊要的事，倒是我開始注意他們的心理素質，是否有耐力完成這趟長時間長距離的航海冒險，船上的食物與新鮮魚正考驗著航海家們的耐心。

當我從新幾內亞回到台灣之後，原來一起航海的五位船員，有四位離開了。這趟航海，其實在印尼沒有被重視，印尼政府也沒有特別的爲這次的「航海冒險」付出；對於我這個來自台灣原住民的達悟族人，台灣政府等相關機關，也好像是沒有這件事似的。

但無論如何，這艘航海冒險船，在我回到台灣後，我一直祝福他們能順利成功，給亞洲人在國際航海史頁記上光榮的紀錄，同時，我也希望還有機會坐上這艘航海冒險船從印尼到台灣，或是從台灣到日本。

海洋的風

夏末初秋的夕陽，總是讓外來的人感覺到住在這小島上的人很幸福，很天眞，很知足的。

海洋的風來自島嶼的南邊，從海平線吹起，掠過千頃萬波，夾帶鹹鹹的濕氣黏在植物的葉片上，也黏在人們的肌膚表面，吹久了之後，樹葉便枯黃了，人們也覺得煩了。不過，有的時候天空上的雲也會很有節奏的配合著海洋的風掠過島嶼的上頭，島上的老人總是說著，下層雲是最不乖巧的小孩，總是忽東忽西的，忽南又忽北。中層雲是中年人，比較穩重，是接受上層雲的老人的經驗知識而後教育不乖巧的小孩，而千變萬化的雲朵也像人心一樣的複雜莫測，不曾有過相似模樣與色澤顯影在人們的視窗。其次，也形容海平線起的第一道波浪是人出生的開始，並且每個人皆象徵屬於每一道波浪，而波浪的起伏便是每一個人的人生際遇，有高潮有低潮，隨著海洋的風，波波的移動到島嶼的四周沿岸，而後宣洩，或消失在途中。

深深的黑夜有道歌聲來自柴房，柴光燃亮柴房的局部，也燃紅父親老邁的半邊臉，歌聲與柴煙一道從房門縫隙鑽出門外。悠悠自如的歌聲旋律宛如平穩的波浪令人沉醉在乾淨的歌聲、乾淨的人、乾淨的天、乾淨的海，寧靜的夜。歌詞恰是父親形容自己的一生是一波波的浪，宣洩的浪是他老人家一生眞實的寫照，浪沫只是短暫存在的記憶，也是不斷被掩蓋又再生的泡沫。他的歌聲祖靈聽得懂，卻被海洋的風帶走，島上的年輕人因而聽不懂；我聽得懂，也了解，而且也深深的體認到父親吟唱古調歌詞的心境。不只是父親在夜間經常哼唱，全島的老人皆喜歡深夜的寧靜向深夜述說心聲，只有在這個時候，他們才感覺到海洋的風在傳達祖先的知識與對過去的時光、過去的人、過去的記憶的思念。

我沉醉在夜的寧靜，沉醉在父親的歌聲，細心的思考他的歌詞意義及其象徵意涵。此刻，天空飄著小雨，父親改變坐姿，讓燃燃的柴火溫暖左側冰冰的肌背，他看著門外的黑夜，自言自語的說：「但願時光倒流。」

也許，他希望回到過去的時代，回到沒有雜音的日子，回到老人被下一代尊敬的時光。我專心的聽著他的歌詞，有時就像停停又下下的雨一樣，已經不像前幾年那樣的一口氣唱完一首歌，停頓中總是會加一句話，說：「怎麼不記得了呢！」然後又重複的繼續唱，直到他認爲唱的沒錯爲止，這是父親每個夜晚驗證自己是否還有記憶的功課。

母親走進柴房，命令父親讓一個空間給她，我聽到母親敲碎檳榔的聲音，這是她每次起床後，最重要的工作，她邊吃檳榔邊說：

「一個大老人，哪有唱不完的歌，吵死人了。」

「妳不是重聽嗎？怎麼聽得到我的歌聲呢！」

「一旦你唱歌時，我的耳膜就被刺破。」

也許父親爲了夜的寧靜，也許他了解島上的女人不諷刺男人，這個男人就不算是這女人的先生，所以爲了封住母親的嘴巴回到無聲，好讓自己的耳根清靜，父親乾脆就不唱歌。

「你剛剛說什麼？」母親突然的問父親。

「神經病，我哪有說什麼話！」父親說。

「沒有，那剛剛說話的是鬼嗎？」

「當然是鬼呀！難道是我嗎？」父親顯然厭煩母親坐在旁邊嘮叨的說。

「爲什麼，我越老越愛說話呢，孫子的祖父。」媽媽微笑的說。

「是魔鬼敲開妳的嘴巴的啦！」

「但願我死之前把話說完。」

「看妳越老越聰明，怎麼可能說得完呢？」

「我們去教堂，星期日是明天，好嗎？」

「妳了解上帝的話嗎？」

「有人翻譯啊！」

「我要上山撿木柴。」父親說。

火勢漸漸的小了，母親於是分散赤紅的餘炭，好使鍋裡的芋頭保溫到清晨。赤紅的餘炭溫暖了柴房，也溫暖著兩位老人家的肌膚，不知不覺中他們睡著了，直到我們的豬清晨走來頂撞柴房的門時，母親方說：「天已經破了。」

就像母親一樣，有時候，嘮叨是她的最愛，我的最愛是潛水射魚，也像父親撿柴一樣，是每天例行的工作，只是經常被孩子們的媽媽說是，潛到海裡逃避賺錢的男人。

南洋的風從南邊緩緩的吹來，在秋天感覺起來比夏天舒服多了。我家養的母豬帶著五隻小豬在院子邊注視著正在吃早餐的父母親。「希望你們乖順，待在你們的房子，別去芋頭田吃他家的芋頭，免得我們被部落的人詛咒。」母親對著豬群說。

「Ki……Ki……」的聲音，彷彿豬頭們在說，「我們沒有啦，我們沒有啦」的意思。

父親提著豬的早餐往牠們的欄舍方向走，一群豬頭跟在爸爸的後邊，嘰哩咕嚕，嘰哩咕嚕的叫著，牠們認得出主人的臉，聽得出主人的聲音。小女兒也跟著她的祖父到豬舍，臉上笑著觀看這群小豬頭鑽頭擠尾的吃早餐。一個黑白斑點的小乳豬是她最喜歡的，她手上總是留著一個地瓜在豬群們吃完早餐後，親自的餵牠，然後才跑步的去上學或著上主日學，久而久之，這也成了小女兒每日例行的工作。

教堂的鐘聲響起，擴大機傳來請教友上教堂的聲音；沒多久基督教的擴大機也傳來請教友上禮拜堂的聲音。

天主教堂位於部落的上方，可以清楚的看到部落的全貌，就像上帝鳥瞰地球一樣的清晰，彼時教友們在教堂內用達悟語唱著：

我們去教堂祈禱
祈禱在上帝的面前
我們在上帝的面前
洗刷我們的罪過
因爲罪大惡極我們

「教堂傳來了歌聲，孫子的祖父，我們走吧！」母親對著父親說。父親正專心的磨利砍柴用的鐮刀，好像沒聽見母親說的話。母親從地上撿了一個小鵝卵石丟向父親，父親看了媽媽一眼的說：

「幹嘛丟我石頭。」

「你的罪很大，星期日是今天，我們去教堂。」母親笑著又說了一遍。

「妳自己去吧，我哪裡有罪。」

「每個人都有罪，上帝說的。」

擴大機再次的廣播請教友上教堂的聲音，美妙的歌聲〈我們去教堂祈禱〉穿進部落裡每個人的耳膜。母親往教堂的方向走，臉上露出喜悅像是虔誠的教友，父親推著雙輪推車，車上放個一把斧頭、一個鐮刀以及一捆繩索往太陽出來的方向走，臉上表情木訥，好像上帝忘了幫他開門。

「是你自己不經過天堂的路啊，別怪我沒跟你說。」媽媽在他們分開的叉路跟父親說。也許父親想著他的工作，就像我的祖父一樣，在他去世以前沒聽說過有教堂，有上帝；只知道從古老的傳說聽說過，有一群人住在人的肉眼看不到的宇宙裡。為何蓋了教堂，有了外國神父之後，我們無意中都變成了罪人呢？千年來我們的祖先都是在沒有信仰上帝下生活的，生活是那樣的平靜，那樣的有規律，人與人之間又如此的相互彼此尊敬，哪像現在那樣的沒次序，父親邊走邊說。

海洋的風微微的吹來，我正坐在涼台上看海，孩子們的母親提著聖經與詩歌本準備去做禮拜，微笑問我說：「你不去天主教堂嗎？」

「等一下我就去。」我說。

「等一下就是中午了，那不是你要下海潛水的時候嗎？」

「我會去啦！」

「別把海洋當做是你的教堂，教堂在陸地上不是在海裡。」

「我知道啦！」我像綿羊似的溫柔回道。

其實，孩子們的母親早已察覺到我對海的熱情，才說那句話。我雖然也十分明瞭她要我上教堂的好意，但她絕對不了解我在海裡欣賞那些魚兒的快樂，有時候想，海裡的綺麗世界還眞像是我的教堂，我的教室。但也不諱言的說，我在下海之前，便非常自然的在臉上胸前畫下十字，這樣的儀式也許算得上是虔誠的教徒，我想。我知道，聖經裡敘述耶穌傳教時，是以大自然作爲祂的教堂的，雖然我的眼前沒有十字架，沒有神父在傳福音，但一波又一波的浪宛如聖經裡的每一章節，每一頁的道理未曾間斷過在我腦海。

一如往常的，午後的二三點，我來到了我想潛水的海域，或著說是我的教堂吧。昨天的這個時候，上千尾的紅、黃尾冬魚順時的或逆時的在海底繞著我的影像如鐵一般的仍烙印在我的腦海，那一股難以形容的興奮是千億萬個心願，就是再去潛水看看這群悠悠自如的，喜歡浮出海面吸吮海洋的風帶來的浮游生物，長相卻都是一樣甜美的魚兒。上千尾的魚兒同時吸吮浮游生物時，海面因而呈現出一片黑影，黑影隨著海流飄移，彷彿是一塊被搬動的礁石，有時往東有時往西，直到她們吃飽爲止潛入海裡或是被敵人侵略的時候方消逝。這樣映入眼簾的眞實影幕，若不潛入海中，還眞的不知道這群魚兒的可愛與頑皮，有時自己在海裡看到這樣眞實的影幕像白癡一樣的自個兒笑了起來，有時趴在礁石上動也不動的吐口氣，在氣泡未漂浮浮出海面前，瞬間數不清的魚兒密密麻麻的立刻衝來我眼前，爭先恐後的戳破氣泡，奧妙的是，她們彼此之間就是沒有「撞車」的事情發生。

海洋的風在前面引領我的靈魂，我擁抱喜悅前往；我的心臟在跳動，蒸騰我的喜悅，我的皮膚在呼吸，呼出驕傲吸進謙虛，十來分鐘後來到了目的地。我坐在礁岩上讓心臟的脈動歸於原來的頻率，眼前恰有兩艘台灣來的竹筏正啓動著引擎緩緩的朝著台灣的方向駛去。他們是空著魚艙順著海洋的風來的，也許，他們現在的魚艙已經塡滿了，心情愉快的頂著海洋的風返航吧，我想。此刻，我欣賞著兩艘竹筏駛過海面留下二條平行筆直的銀白浪沫，浪沫煞似海洋的項鍊。遙遠的海平線可以清晰的看到恆春半島，二條平行的銀白浪沫對準著它，也許在二三個小時以後，項鍊在他們進港熄滅引擎便自然的消逝了。不過，他們又會在很短的時間內帶著海洋的項鍊又順著海洋的風再次來到我們的島嶼的。

說來奇怪，兩艘竹筏消失在眼前以後，原來熱騰騰的胸膛漸漸的冰涼了起來。我的朋友夏曼・安然義牧師開車駛過我身後高喊的說：

「我的朋友，阿力路亞！」

「天主保佑！我的朋友。」我也高喊的回道。

波波的微浪不間斷的拍擊岸邊的礁岩，這是陸地與海洋幾億萬年以來一直在持續的戰爭。父親從祖先的傳說故事那兒聽說，是因爲海神不希望我們達悟族有太大的島嶼，所以以駭浪阻擋陸地的擴張。我不知道，這是不是眞實。然而，父親說，海洋是「分配食物」的主宰者，這句話的意義我是明白的，在達悟族的觀念裡，飛魚季節不捕撈近海的底棲魚，非飛魚季節不捕撈飛魚，這是讓海裡的魚類輪流休息。我達悟族以超自然的觀念、萬物有靈的信仰來維護自然生態的平衡。也許因爲這樣，在我每次潛水前都非常虔誠的祈禱，默禱海神保佑我。此刻，我入水前的儀式並沒有忘記，只是我先前的興奮早已冰涼的不再昇華了，在兩艘台灣來的竹筏消失以後。虔誠的默禱是我爲了盼望昨日上千尾的魚兒能夠再次的出現在我眼前的海底美景，此可遇不可求的有生命的有情感的有季節性的動態影幕，正是吸引著我日日徒手潛水的動機。但我知道，越是盼望，越會落空的道理。

大伯曾經告訴我，他年輕時在海裡徒手潛水的親身經歷，說，大約在秋末冬初，有一次與我父親巧遇過上千尾的浪人鰺，大大小小都有，小的魚身長度約一個手臂，大尾的魚全部比我們人還大，小尾的在上層，中的在中層，大的則在最底層，不要數有幾百條，就單單注視著這些魚群如拳頭大的眨也不眨一眼的眼珠，就夠你尊敬他們，海裡是個無奇不有奧祕世界。那天晚上，我的夢告訴我說，那是一群在戰爭期間死在海裡的日本兵。這是我這一生最值得回憶的往事，大伯簡單的敘述。當然，要是我現在遇上那些浪人鰺群的話，我或許也有相同程度的感觸。

我逐漸的游近昨日的潛點，海水十分的混濁，混濁的現象，看來並非是海裡正常的自然生態行光合作用時的自然現象。不過潮流還算穩定，不會消耗我很多的體力。縱然如此，似乎在我內心深處不再昇華的興奮，是在預先告訴我，將有不幸的事情發生。我游著游著逼近潛點，我的心臟自然加速的跳動，彷彿我游移的靈魂在害怕，視野所及之處盡是一片乳白色的濁樣。我潛入水中探個究竟，混濁的現象深深的令我不安。當我潛到海底十多公尺的礁石上，我跪著三百六十度的環視四面，又仰望頭頂上混濁的海面，竟然看不到半條魚兒，

「慟！」引著我浮出海面換氣。

我裸露出海面酷似一粒漂流椰子的頭，迷惘在不同人種生活的世界，而仍埋在海裡的身體，則漂浮在各種魚類生活的海洋世界。我順時的轉了一圈又逆時的迴轉了一圈環顧四周的景色，驗證自己是否仍在呼吸，當我意識到我還活著的時候，卻沒有一絲的快感；相反的，那種「再生」的感觸是茫然無限。

因此，我游向更外海，鹿角珊瑚豐富的海底，希望捕捉依舊清晰烙印在腦海的昨日情景，以及試著湮滅此刻的迷惘。當我從海面俯視海底時，比先前潛的海域的混濁度更濃，但卻發現海底反射出點點的螢光，好奇心於是驅動我的雙腳慢慢的潛下去，潛到一半海底突然清澈，赫然發現四五十尾的如手掌小的黃、紅尾冬魚腹部朝上的，以及數不清迷你可愛的熱帶魚躺在海底，隨著流水翻來覆去。我跪著撿起一尾，剝開魚皮，魚肉近似漿糊，這是魚群被台灣來的獵人在近距離用水底炸藥炸的結果，而整片的鹿角珊瑚也被炸得粉碎，乳白粉灰正漂浮在我頭頂的海中，察看炸藥爆炸的痕跡，至少是兩組的炸藥。

眼前的海底是荒涼陰深的灰白景觀，望不穿遠處墨藍深邃神祕的海底世界，此時我內心的悲痛湮滅了我在海底靈魂孤零的恐懼。一條、二條貪婪醜陋又低等笨拙像我大腿般的粗，如我身高長的海鰻焦躁的飄游過來，準備飽餐一頓，大快朵頤。雖然厭惡看見象徵惡靈使者的它們，但我切實感激它們提醒我浮出海面呼吸換氣。

我逆著潮流游上岸，也逆著海洋的風騎車回家。孩子們的母親好奇的問我：

「爲何連半片魚鱗也沒有呢！」

「被惡靈嚇壞了。」我腦袋瓜缺氧的回道。

翌日的正午，四艘台灣來的竹筏順著海洋的風駛進我們的海域，我也順著海洋的風騎車平行跟隨。我坐在水泥路邊的堤防，眼前台灣來的海底獵人正在炸魚；我身後是現代的建築物，那兒的台灣人正僱用我族人搬運核能廢料桶。我仰天問天神，也問自己；我吻地問祖靈，也問海洋的風：我該往何處？

原載《台灣新聞報》，二〇〇二年二月八日
獲第三屆台灣文學獎散文獎佳作

輯二

原初的相遇

我一步步組合拼板船的雛形，完成後接受海洋的洗禮、飛魚的祝福。這是我的船我的飛魚。

因為犯了捕魚的禁忌，我在船上殺雞做為牲禮以祈福。

原初的相遇（Tabako azo ka）

恰是蘭嶼達悟族的飛魚季節，邁入第三個月的時候，幾位台灣的朋友聽聞，蘭嶼近況大尾的掠食者正是大咬的好時機。傳來的消息說，椰油部落達悟人夜間划著傳統的拼板船放流漁網捕飛魚，同時鉤上活的飛魚當魚餌，只要有耐心等到凌晨三點鐘以後的船，只要不恐懼夜間幽暗的汪洋，沒有收穫是很困難的。

兩位住基隆那邊的釣魚狂，重磯釣好手，聽到消息後，立刻整裝出發到蘭嶼。一下了機場，立刻強占椰油部落饅頭山面海平台的釣場，在那兒整理釣具，晚上也打算睡那兒。天神就是疼腳踏實地的人，只要有耐心耐力，雖然不多，但是釣上來的大魚少說也有四五十台斤的浪人鰺，這兩位基隆朋友不高興也難啊。

他們說，浪人鰺是他們夢寐以求的，心目中水世界裡陽剛氣味濃厚的的英雄好漢，對某些人而言，它不一定好吃，但它非常的俊美，這是他們來蘭嶼「原初的相遇」感官的感受。

過了午夜，他們預感應該還有大魚會咬魚餌，想到此，不由得讓他們會心微笑，沒有白來一趟蘭嶼，於是躺在釣竿邊仰頭望天，觀賞黑夜裡密密麻麻的星辰，好似浪漫沉醉在剛釣到大魚的喜氣裡。

一位身上僅繫著丁字褲的達悟人，沿著饅頭山的礁壁摸黑抓螃蟹，頸子掛個裝螃蟹的網，作爲白天釣飛魚用的魚餌。他忽然發現岸上釣竿末端的螢光燈，很有節奏的在閃爍，於是從他們釣魚的正下方攀岩上岸，探個究竟。看來看去，原來是他人的釣竿。離釣竿約莫五公尺處，達悟人忽然發現，有一位正點燃著菸，他於是走過去，說：Tabako azo ka，意譯中文，先生有沒有香菸啊！那位基隆人，也許很累吧，一時之間，無法反應過來，是眞人，還是眞的是鬼，立刻昏了過去。

那位達悟人接著抽那位基隆人點的香菸坐在那兒，可能抽了兩三根吧，後來達悟人又沿著上岸的路下海繼續抓螃蟹。昏倒的那位醒來後，甩甩頭驗證自己是否正常，而後搖醒他的朋友說：剛剛那位要香菸的，是人，還是鬼？啊，你有沒有看到。有啊，我有看到，好像是鬼，因爲他是走向海裡，不是走向陸地，而且不用手電在礁石上走路比我們快？我剛剛昏了過去，那人又說。我知道你昏過去了。有沒有害怕那個山地鬼啊。有啊，他連續抽了三根，如果他是人，早盜走我們的菸了。那個鬼說了什麼？他說：tabako azo ka？什麼意思？有沒有香菸？這是我這一生第一次遇上鬼，說，這種「原初的相遇」感覺很棒。

原載《自由副刊》，二〇〇三年九月三日

質感

總是有那股的原初的感覺，從小時候起說不出來的感想。我要說的與「台灣派」、「中國派」一滴口水的關係都沒有的事情，這只是過去的記憶的回憶。

筆者念國小時期，每逢九三軍人節，學校的走廊便掛滿了「南京大屠殺」的照片。那股的原初的感覺，很令我們這些純潔的「山地」孩童感到腸胃的噁心，腦海裡的記憶紋路攪動起模糊的浪沫，煞是百感交集。學校老師把我們集合起來，命令我們排隊，一個接一個的，牢記圖片裡的歷史的眞實紀錄。老師口沫橫飛的敘述日本人的殘忍，種種的，在我們心中灌輸蔣介石對日人「以德報怨」的偉大事蹟。我們彷彿意識到，那股單純的原初感受是，蔣介石的偉大，究竟是什麼?日本人的殘忍，圖片爲證，很不忍卒睹。當然，一八九五年的馬關條約，蘭嶼也被日人殖民，當時部落裡的耆老們記憶是，猶在胸膛的，也跑來學校觀看圖片。他們也像我們這群小鬼一樣，眼神散發出無奈的表情。「其實，他們都是一樣的殘忍，不過某人的偉大，哪國人的殘忍與我們有關係嗎？」這相似的答案，相似的發生在我們上下兩代，共同承載著兩種不同「國家」斧刻刀砍的殘忍圖像，我們是如此的無辜，在我們的島嶼，那種「質感」很令我們吃不下飛魚。

一九六一年以前出生的達悟人，包括筆者在內，我們的長輩到鄉公所「抗議」，小學老師傳來部落耆老的消息，說：「我們不是中國人，為何要幫中國人打中國人的戰爭，所以拒絕我們的孩子去當兵。」事實是如此，筆者沒有當過「兵」，接著又說：「你們這些蘭嶼人，「國家」從水深火熱的「地方」救你們，結果不要當兵，眞是不知感恩的山地同胞。」

眞實的是，部落民族原初的觀念「無政府主義」的思維，戰爭是殘忍的，每一個人的生命是可貴的，兩國的戰爭與我何干呢？那位老師，也是不知感恩的漢人，被流放到蘭嶼還有我們這些小孩讓他教，讓他罵，讓他羞辱，還為他抓田雞，砍柴燒熱水洗澡，那種「質感」很令人噁心。

這幾年，台灣社會發生了數不清的表演事件，無論是哪種形式的表演，那種感受就像我在蘭嶼，颱風來臨前一樣，海底的混濁讓人感受海面暫時失去了一絲絲的美感。當颱風的強風駭浪肆虐全島過後，我們像是烏龜的走出屋內，觀賞煥然一新的景致，心情是舒暢至極，颱風清洗一切，於是所有的一切又要從零開始，人開始丟棄「垃圾」，於是島嶼承受「垃圾」，颱風依舊會來，依舊是從零開始，反反覆覆的，於是面臨颱風的感受「煥然一新」的質感很令人舒暢，也讓人省思許多的事。不論你是扛著何種旗幟站在台灣的舞台上表演，你們所有說的話，所有的知識擁有，嘴臉的肢體展示，爲何那種「質感」讓人噁心，低級，一些些「颱風」的美感也沒有，就是眞正的烏龜也懶得出來。我坐在已經九十歲的大伯身邊，聽他說颱風的故事，那種「質感」是美的，是眞人的質感。大伯問我，說：「Tabako azo ka?」「我有法國香菸。」「也許很好抽吧！」也許質感比較好吧，我想。

原載《自由副刊》，二〇〇三年九月十七日

質感與美感的想像

回到蘭嶼的家，獨自一人在涼台上面海欣賞颱風過後混濁的海面，想著這樣的景致在我的潛水經驗裡，只是海面下三四公尺是混濁而已，就像我們人仰頭觀看烏雲一樣，只是中層雲與下層雲是烏黑的道理一樣，而上層雲是潔白的，下層雲下的人們在自己的家屋做著自己想做的工作，誰也管不著的，海裡的魚兒何嘗不是如此呢？駭浪祇是沖洗二十公尺以上亞潮帶的礁岩生態而已。人們因而習慣於眼見為證，無須進一層次的求證，人們就在如此混濁的生活圈圈定下屬於自己認為的眞理，無論你是哪種人種、民族，依據自己的「眞理」要求他人也認同這樣的眞理。

人口很多的漢人，許多似是而非的「眞理」，島上的族人在現代化逐漸主宰操控只是混濁的海面的時候，我們喪失了原初的判斷能力，還眞的是混進了混濁的思維框框。混濁的海面隨著海浪漸弱，平靜而逐漸縮小，我忽然意識到我不再聽見「這樣的海面，還需要五六天，礁石才會清晰，才能下海潛水，孩子。」忽然間，父親也不再上來跟我要香菸抽了，此刻再也沒有人跟我望海了，跟我敘述著自然節氣變換的經驗知識。留下幾滴眼淚，感受到眞正的孤獨，這是父母親在今年三月天雙雙離我遠去之後的心海感受，非常空虛的感覺。原來我這個他們心中永遠的遊子，永遠在漂泊的獨子，在我每次回家時，他們第一個動作就是在我的頭頂上畫個圓圈，慈祥的說：「幸好，靈魂回來了！幸好，靈魂回來了！我們的黃金！我們的黃金（指孩子）！」靈魂回來了！這是什麼時代，還做如此「原始人」低等的行爲，從我高中時期回家時父母親原初就有的，歡迎我的靈魂回到家的儀式，這是三十多年來最是令我心煩、討厭的事情。父母親走了，在我的頭頂上畫個圓圈的儀式卻是我最思念他們的事情，「靈魂回來了！靈魂回來了！」我的腦海，刻意的停住，試著幻想再次擁有那種儀式的美感，那種「原始人」低等的行爲，然而，眞人眞事的劇本不再重複上演了，我於是開始潛入混濁的海中，脫去質料不佳的外衣，讓無奇不有的水母在我體內注入原初的毒素。家，這個家也不再出現滿臉皺紋的老人迎接我，此刻父母親的靈魂已遠離我，去遨遊大海，也帶走他們在我心中那分質感與美感，彷彿浪頭不再有時鐘擺盪的節奏，在我眼前與內心的水世界。

撫平逝去雙親的傷痛，去探望已九十歲的大伯，他坐在屋院的水泥地上，卻用手掌很遠的指向我的頭頂劃個圓圈，而後手掌貼在胸膛說：「幸好，靈魂回來了！幸好，靈魂回來了！我珍貴的黃金！我珍貴的黃金！」靈魂！靈魂！究竟是什麼？我想在心裡。久……久之後，用我的微笑回敬。「孩子，回來就好，回來就好，家，要有個成熟男人的靈魂在！男人的靈魂在！」

大伯注視著已七十歲的大堂哥造船，語重心長的又說：「你的大堂哥，他只是一個一般的達悟男人，也還不到中等男人的『質感』，看他削木頭的力道與『美感』，就可斷定你的大堂哥內在與外形的整體，是沒有『質感』與『美感』的男人，他的船在海上，海神只視爲漂流木。」

登陸艇

一九六七年，蘭嶼開放觀光之後，從這一年開始，登陸艇年年登陸蘭嶼。基本上，它帶來外來種種的物資，也裝載接送台灣舊政府時代的重刑犯來回蘭嶼服勞役，當然救國團時代清純的文藝青年學子，也是主角之一。事情都發生在夏天的時候。

登陸艇登陸，占據我們海邊的一大半，我們的拼板船停在旁邊，這不僅僅是龐然鐵殼怪物與纖小精美船隻的比較，乍看之下，雞蛋碰石頭的「眞理」還眞的是事實，這情景實在給予筆者有許多的想像。

登陸艇每次都在我的部落停泊下錨，由於都是在清晨登岸，所以在登岸前即可在海上清楚的看見鐵殼怪物的外形。然而，每次我也都會看見其他部落的族人全副武裝的抱著長矛坐在海邊沙灘的外圍，觀賞登陸艇從外海推開海浪，我不知道他們的腦海在想什麼？當它逐漸逼近沙岸，我清楚的看見全副武裝抱著長矛的族人全都站立了起來，恰是與當時駐守蘭嶼的，好似是方格子裡的木樁，隊伍整齊，人手一個步槍的國民革命軍人，兩邊的人馬說著不一樣的語言，就要開戰似的情景。也好像是「原始人」與訓練有素的軍人正在共同迎接各自獨立的「天神」似的，軍人接受指揮官的指令，兩排直線排列在他們開闢的「沙路」的兩邊，每個人的無奈表情煞似乖巧的、溫馴的驢，因爲登陸艇與他們有直接的關係。而部落耆老，他一句，我一句的說著與登陸艇一點關係都沒有的語言。他們來看什麼？那種感受眞是難於言表。

他們老遠的從各自的部落走來看登陸艇，有什麼好看？

登陸艇開啓大門，耆老們睜開眼睛，走出兩排的軍裝整齊的軍人，中間夾著許多套了腳銬的囚犯。他們說：「我們的島嶼要被台灣的犯人占領了，我們活得下去嗎？」登陸艇的大門吐出許多「穢物」，砂礫與腳銬的摩擦弄疼了囚犯們的皮肉，卻讓部落的耆老傷痛了心。此後，在蘭嶼總指揮官的指使下，這些囚犯開始大量採割我們的地瓜葉餵牛，建造牛舍，以及濫伐祖傳的龍眼樹給軍官燒洗澡水，數不清的事務在相遇了之後，精美的拼板船抵抗不住鐵殼船登陸艇帶來的「新物種」。

登陸艇後來經常來蘭嶼，除了不斷帶來許多新的物資外，也帶來新的囚犯，新的軍人，順便帶走表現好的囚犯，與對國家忠誠度不佳的舊軍人，每次皆是如此的循環。耆老們不在希奇登陸艇帶來的「新物種」，不再全副武裝的迎接，但卻全副武裝的枯守著少許的地瓜田。我們的島嶼，因而從原初的豐腴逐漸朝向失調的狀態，我們的民族，也燒退了原初對台灣人的熱情，這是人爲的。

原載《自由副刊》，二〇〇三年十月一日

救濟物資與信仰

五〇年代初，蘭嶼也如其他世界各地的初民民族一樣，無法免除於西方基督教信仰的入侵。而，西方的基督教始終尾隨在任何強權入侵弱勢民族後的另一種無國界的「帝國」，鮮少有一個弱勢民族能夠正面的排拒它，使得部落人民原初的傳統信仰被西方傳道人否定它的合理性，部落民族因而紛紛改變宗教信仰，蔚爲各部落裡新興的集團，同時被神父圈選的福音口譯者成爲這個集團的傳聲筒，新貴階級，乍看其種種的表現彷彿是高於一般信徒，爲我們島上首先認知的「職業」，部落的人稱之「上帝的奴隸」，神父稱之「爲上帝服務的人」，其穿梭在部落裡吆喝族人上教堂洗刷「罪惡」，也爲部落裡口耳相傳的新名詞。

上帝的奴隸急速的敲鐘，教徒很快的到海邊等候貨輪卸下的貨物，一包一包的包裹寫上蘭嶼天主教堂，教堂坐落在我住的部落，我家也恰好在教堂邊，每次天主教有外來貨物，我經常目睹部落裡的教友放下手邊的工作，汗流浹背的義務爲神父搬運，因而神父經常誇獎部落裡認眞搬運族人是，上帝給他搬運的力氣。但是，族人義務的搬運，無論是上帝賜予的力氣，抑或是原初即有的蠻力，或著是洗刷「罪惡」，或著是爲了神父等等的，當時情境，這些其實都不重要。重要的是，那些外來的物資才是吸引族人上教堂洗刷「罪惡」的動機。

部落裡男女老幼，蹲坐著圍繞在救濟物資（經常是麵粉、衣物）的外圍，神父及在地的傳道人，則站立在中央，唸著教友的名字分送救濟品，於是「上帝保佑」成爲當時族人最時常掛在嘴邊的言語。救濟品吸引族人上教堂，教堂無形中也構成族人新興的聚會場所。而，非天主教教友者則在更外圍的地方觀看，羨慕的眼神散發出莫名的無奈，因爲有一半的村人也是基督教徒，這集團也有它們自己上帝的奴隸，此人正是監督其教友是否有「受賄」的行爲出現。

兩派新興宗教，主動的把部落族人也分成兩派，救濟物資的多寡決定兩派教友的人口，構成傳統內在文化的矛盾與更多的茫然，達悟民族漁團船組的分裂，傳統上，自有其內在文化再生的機制。然而，外來的西方新興宗教，卻無機制營生屬於達悟民族原初的社會結構，四十多年來，聖經的福音，上帝之名，也如眞實的帝國主義永遠不會承認在部落民族社會裡所造成的傷害，只要求他人省思，卻不反省本身製造更多的有形無形的污染。

原載《自由副刊》，二〇〇三年十月十五日

救濟物資與信仰（二）

從過去許多幻黃的照片，或者過去很多的旅行家、人類學家等等的，現在的人皆可以從那些過去的照片回想到某些部落民族的種種，對筆者而言，卻往往是構成回憶與省思的物證。

六〇年代初期，我依稀記憶清晰，那位外國神父站在部落族人中間，命令我們蹲坐下來，想來當時沒有人不聽他的話，他的上帝之名讓我們敬畏，族人認為是善良的天神，順著神父的一言一行，當然是一件好事。我看見，也聽說了，看見神父一個人即可操控全島的族人，任其使喚，因為部落的人始終是最害怕下地獄，渴望上天堂，聽神父的話，確信是可以成為上帝國度裡的子民，違抗是下地獄，因此，在神父不間斷的表明他的來意，說，他是上帝派來的，是來洗刷我們的罪惡，此也構成族人上教堂的重要理由之一。聽說，日本人手上握著一把槍，喝令族人聽話，違抗者是眞的立刻被槍舵擊昏，族人也害怕得要命，便也任他擺布。他們在我們島上的共同點是，帝國主義的代表，前者帶著上帝的福音，是披著上帝的外衣，後者是帶著槍桿子，是披著統治者殺人的指令，許多過去種種的圖景，部落民族是極度無辜的任外來者主宰，固然在我的民族看不見外來者烙印下的傷痕，尤其是在思想的層次上，混淆了我們內在的價值判斷，弱化了對自身民族的認同。

人群中央排放著許多從台灣來的物資，有時候是米粒、麵粉，有時是衣服，神父則站在人群中央，手上拿著教友的名冊。教友們並非需要西方的宗教，也聽不懂神父在教堂裡所說的福音，部落族人當時聚集的會所是不定點的有涵養的長輩家的家屋，於是從達悟人的觀點來論的話，上教堂是領著島上不出產的外來物資，或者心中嚮往死後上天堂的願望，西方宗教是不重要，重要的是無須勞動就出現在眼前的食物。教友們拿著剛收下來的米粒回家，傍晚時分，家家戶戶生起火來煮米，部落的上空如飛魚季節時的氣氛，青煙順著微風裊裊的昇華，此時，神父便挨家挨戶的登門拜訪，「天主保佑」因而成爲我們當時最流行的掛在嘴邊的新詞彙，神父也因此藉此機會口中附帶一句話，說，「用力去教堂，上帝會洗刷你們的罪。」

二十年之後，我們島上並沒有培養出一位神父，倒是出現了可以結婚生子的數位基督教的牧師，如今他們代替了那位神父的職責，說，「用力去教堂，上帝會洗刷你們的罪。」

因爲神父不可結婚，牧師可以，於是天主教逐漸沒落在我們的島上。牧師穿著牧師服裝，其中有多少讓人省思的宗教問題，人們逃避西方宗教對部落民族負面傷害，只歌誦著上教堂是上天堂唯一的路。

原載《自由副刊》，二〇〇三年十月二十九日

大島與小島

對於居住在小島的住民而言，對大島的種種總是存在著許多莫名的幻想，這樣的幻想無論從哪個角度去思考，也總是賦予大島有較多正面的解釋，或者肯定多於否定。畢竟是大與小，多與寡也始終是從「大」的面積、「多」的人口作爲價值判斷的中心據點，於是「小」島即順理成章的成爲「大」島調色盤裡的附屬色澤，以及國家政經結構中心之外被集體邊緣化的命運。

大島與小島之間最明顯的關係就是海洋運輸，稱 cargo culture（貨運）。而貨運文化原初發生的地方是，南太平洋大洋洲，坡里尼西亞群島、密克羅尼西亞群島等等，這是葡萄牙航海家麥哲倫（Magellen Ferdinend），在一五二一年發現的新天地，爲其所服務的帝國開闢殖民的新版圖。彼時，西方的物資透過貨輪運輸到某群島內最大的島嶼（當然，物資都是眾群島各自所屬的殖民母國供應），再由大島把貨物分散到其他的小島。所有小島的島民，對於「貨運」

帶來舶來品讓他們認識了貨幣，也帶來政客與商人，以及神職人員，讓他們認識了外來文化，認識了比巫師更偉大的上帝……三、四百年的時間，即構成了島嶼民族認同原初傳統文化面貌的嚴重危機。

大洋洲島嶼民族過去的歷史劇本，過去到現今也正在大島（台灣）與小島（蘭嶼）演出完全相似的「貨運」問題。在此，筆者先就小問題談論，回憶小學時期的趣事。問題的焦點是「大中國」作爲思考的中心，故事濃縮的劇本如下：

約是小四時的一次國語課的月考，填充題目是：太陽從（山）的東邊出來，從（山）的西邊下去。但是我們這群小島的孩子，天天看到太陽從海裡出來，也從海裡下去，所以，我們寫的答案是（海），除了當時我的班長寫（山）以外，沒有一個同學寫的答案是（山），而躲過藤條的抽打。藤條的抽打僅僅是瞬間的疼痛，然而肉體之外的痛，卻讓我們認爲正確的答案是「大中國」認爲錯誤的價值觀，我們以爲是正確的思維。我們生活在不同的環境與緯度，豈有「完全」相似的正確答案。假如，你是現在的學生，請問你，太陽究竟是從哪兒下去的？筆者想，當然你的答案不止一個答案。

也因此，大島與小島的相遇的不同的民族，你豈能說，你的答案是正確的呢？

總統大選就要來臨了，實在太多的政客說，我是「本土派」的，我是「新台灣人」，我愛台灣這塊土地。簡單的結論是，那些人的答案全是塡寫（山）。

筆者出生在小島，我的答案依然是（海），當然，你的答案依然是（山），因爲你依舊看不到（海），這是唯一的，在大島可以生存的「眞」眞理。

原載《自由副刊》，二〇〇三年十一月二十六日

大島與小島（二）

夏末秋初，是學校開學的日子。藍色的天空、藍色的海洋是晴空萬里的好天氣，恆春半島，從學校看上海平線，清晰如在眼前。然而，那個大島卻不曾在達悟民族口述歷史的記憶裡，存有往來貿易的紀錄。

二次戰後的五〇年代末期，筆者的部落的水芋田被夷平，建立蘭嶼島退輔會蘭嶼指揮部，以及島上的第一間監獄。部落的人沒得分文的賠償，這是大島對小島具體表現強欺弱的證據。恆春半島連接的海平線，出現一粒黑點，黑點由小變大，也由模糊逐漸清晰，是一艘登陸艇，軍艦。部落裡的蘭嶼警察分局敲響戰備鐘聲，部落裡山青服務隊各個穿著米色的服裝與帽子，在警察局的廣場集合，隊伍整齊的走向登陸艇登岸的沙灘，在沙灘上成兩列縱隊，中間空著，是讓給從軍艦下船的大官走的路。學校也敲響鐘聲，小學生衣衫不整的，有鞋沒鞋的在操場上排隊，同樣的儀式是，走向沙灘迎接大島來的大官。

大官究竟是不是大官，其實不重要。那幾位大官在大島裡的位階是小官，我們也沒有看過什麼官的，但這個大官或是小官，在國家體系裡的意義上，是以統治者的身分出現在我們的小島上。統治即是管理，帶著大島的制度治理我們小島上整體的事務，總的來說，就是讓我們選擇大島轉移過來的價值尺度，也是唯一的尺度，原初的傳統思維退出學校裡的教室，於是歷史課本裡的班超也當然而然成爲我們的「民族英雄」。山青服務隊所有的勞役是義務，服務於大島的統治機構。

當時被指定爲鄉長的族人，西裝褲裡穿的是丁字褲，腳掌被配給的皮鞋擠壓得令他疼痛難受，脫與不脫的掙扎寫在臉上的無奈表情。軍艦終究是登了沙岸，從登陸艇裡出現大島上的小官差，在我們的小島稱之大官。鄉長說，「長官，好。」長官回說，「嗯……」大官左右搖晃的走到山青服務隊隊伍，那些山地同胞同聲高喊道，「指揮官，好！」長官辛苦的露齒回說，「嗯……」當他走到衣衫不整、光著腳丫掌的小學生面前，掌聲如雷的飽足了指揮官的耳根，而露齒的笑容，事實上，是大島的統治者展示的具體表徵。指揮官坐著吉普車，塵土飛揚，山青服務隊、學校的小學生的隊伍井然有序的回到部落，列隊歡迎的儀式結束，被殖民的歷史於焉開始，記載於二次大戰後大島的近代史。由「生番」邁向「熟番」的過程，又表現在小島上鄉長身上，早期的鄉長背著皮鞋走路上班，現在的鄉長開著四輪車上班，成了小島上的大官。

原載《自由副刊》，二〇〇三年十二月十日

指揮官與雞

一九六〇年，蘭嶼職訓總隊成立，在蘭嶼島上四周相繼建立了四所監獄及五所小型農場。

台灣來的物資，如米粒、麵粉、麵條，也包括新的囚犯，從登陸艇的大門出來。大島運來的所有物資被舊的囚犯來回搬運，而搬運的勞役算是他們在小島上比較輕鬆的工作，也爲他們最快樂的日子，稱之「加菜日」。新的囚犯則在一邊的沙灘上蹲坐排列，而重刑犯者手腳則由鐐銬拴住，由一位年輕的軍官拿著簿子點名。

畢竟，大島運送過來不同類科的重型犯，如同米粒等等的不是小島的原產物，於是當時退除役官兵輔導委員會蘭嶼指揮部，爲了消耗囤積已久而過剩的米，指揮官因而下令，指示部屬實行敦親睦鄰，撫番政策，作爲大島後來的政府強佔小島島民土地的回饋行爲，他們稱之「德政」。

恰好我住的部落即是蘭嶼指揮部所在，於是我的部落就是先被撫番的對象。在深秋之際，有好幾天的傍晚，部落的人，不分男女老幼，衣衫不整的在部落裡的蘭嶼警察分局集合，由身穿米色制服的「生番青年服務隊」隊長領軍。「生番」畢竟是沒有受過任何軍隊般的訓練，扭曲八歪的隊群是理所當然的，況且要部落的人排好隊伍，可說是人格被傷害，也不去指揮部那兒被「收買」，族人稱之「服從中國人」。

然而，從另一角度思考，族人又說，「聽說米飯比芋頭好吃，只是動嘴吃而已。」指揮部剛做好的籃球場，東邊坐著上百位的囚犯，西邊也坐著上百位的生番，而兩隊人群面山的方向，約是七八張有桌椅的，這是給有階級的軍官與士官的飯桌。

彼時，指揮官開動前的台詞，不用太多的解釋，除了彰顯其權威，盡是廢話連篇的，如感謝「國家」的關懷、服從「領導」等等的。然而，沒有一位族人聽得懂其所說的話，所言的內容，因爲那是完全無關緊要的台詞。其次，族人好似囚犯，與眞正的囚犯比鄰的蹲坐在地上用餐。彼時，族人坐在地上用餐，不時的把頸子扭轉三百六十度，心有不安的端詳緊握步槍圍繞在四周的軍人。眞正的囚犯很有紀律的用餐，他們也從小就吃米飯，漢人的主食。而族人不得安心用餐的理由之一是，認爲米粒太小吃不飽，也很希奇，所以拚命的吃。指揮官問，「這群生番吃飯如此之快，生平未見，驚人啊！驚人啊！」傳令兵回道：「大人，他們沒吃過米，所以把米飯裝進衣服裡的姑婆葉。」「幹嘛裝進姑婆葉上呢！」「聽說拿回去先餵他們飼養的雞。」「幹嘛餵雞吃呢！」「聽說，雞吃了不會死，他們才會吃。」

「天下豈有這種道理，那我不是就是雞嗎？」指揮官怒氣衝天的怒視傳令兵。「大人，你不是就是雞，你是這個島的大王。」「對的，大人，你是這個島的首任大王。」副官們輕聲細語接著說，指揮官聽了又拿起筷子吃飯，說：「這是國家的德政，不是雞吃的食物。」「是……大人，你說的完全是道理。」

原載《自由副刊》，二〇〇三年十二月二十四日

指揮官與生番學童

蘭嶼指揮部，是一九六〇年代國民政府治理蘭嶼最高的軍事單位，指揮部就坐落在我的部落面海的左邊。當時的指揮官，記憶裡長得胖胖的，身高不怎麼樣，臉上多餘的肉把他單眼皮的眼睛擠壓成寬度如菜刀刀背似的一條線，少了弦月形的美感，看在我們這些「生番」的眼裡，是很不習慣，也不順眼。而臉頰的餘肉也鬆垂連到頸子，看來就像在部落裡的豬圈晃來晃去的豬的脖子贅肉，而隆起來隱藏在軍服內的肚皮，也像母豬懷孕時拖地的腹部，這是我們在小島上視覺感官未曾看過的身材，所以感覺起來很滑稽。但，他的名字就叫——指揮官，這也是達悟語言裡的新詞彙。

十月天的十號白天，蘭嶼指揮部聚集了小島上四所學校的四年級以上的生番學童。站立的生番學童正前方的司令台上，掛著特大的蔣中正畫像（當時），以及上方比較小的「國父遺像」。司令台上的指揮官，一一介紹台上的地方長官，我們被圈選的鄉長與縣議員也在其中，兩人交換眼神，彷彿彼此示意，舉止靦腆的說，「我們也是長官」（當時二人對漢語的聽、說、寫一竅不通）。當指揮官鏗鏘激昂、政治意味濃厚、效忠蔣總統的演說結束後，我們這些生番學童忽然聽到我們的總指揮，撕裂喉嚨的說「立……正」，我們於是莫名其妙的（經常）用力拍手，而三四百位大島來的囚犯也煞似訓練有素的拍手部隊合著我們的掌聲，別說是驚天，那眞得是震地，兩分鐘後，又聽見撕裂喉嚨的說「稍……息」，於是結束掌聲。在台上的指揮官撕裂嘴角，焉然是「撫番徹底」的表徵。而後，「撫番」而得意的笑容猶存的邀請台上的長官致詞，鄉長因爲推不掉（不習慣）指揮官鞠躬彎腰的邀請，表現出煞似「長官」的姿態，神情嚴肅的走到司令台前。首先，先向「總統肖像」「國父遺像」行鞠躬禮，也向指揮官行相似的禮儀，而後轉身放眼四方，面對生番學童及囚犯（事後聽他說，他是在思考適宜的台詞）。「嗯……（達悟人說話前的習慣），中華民國萬歲、萬歲、萬萬歲……統統統（蔣總統）萬歲、萬歲、萬萬歲……。」突如起來的（程序尚未到呼口號），舉起握拳的右手，撕裂喉嚨的高喊（生番學童也撕裂喉嚨爆笑，笑到彎腰抱肚，手臂擦掉被擠出來的眼屎）。我們也如法泡製的撕裂喉嚨舉起握拳的右手，立正高喊，「……統統統（蔣總統）萬歲、萬歲、萬萬歲……」「這個好……，這個好……」指揮官立刻站起來再次撕裂嘴角（撫番生效），走向鄉長，說：「azigat to（日語）（漢語的謝謝）。」後來鄉長連任。當時的縣議員沒有被邀請上台致詞，所以理所當然的沒有連任。

原載《自由副刊》，二〇〇四年一月七日

山地文化工作隊

兒時的記憶裡，大姊看見先父以殺飛魚刀幫我剃頭，不忍心看見我一把鼻涕一把眼淚的痛苦樣，於是請來國民黨蘭嶼鄉黨部主任來我家，說：「看，我小弟的痛苦樣，看在我是山地文化工作隊的一位好隊員，借一支刮鬍刀吧！主任。」被刮鬍刀刮得精光的頭髮，我的頭皮除了數不清的斑斑血跡外，大姊笑破肚彎腰跟先父說：「爸，弟弟的頭從此螞蟻爬上去也會跌跤的。」而我，卻哭破了眼睛。早期的刮鬍刀迅速的剃掉了我的頭髮，鄉黨部主任接著跟大姊說：「同志，這也是山地文化工作隊的工作之一。」「謝謝領導的幫忙。」大姊回道。

「山地文化工作隊」、「領導」，當時是我們許多達悟的小孩進國民小學前許多記憶裡的新名詞。新名詞來自於大島，其作爲一個國家的具體意含植入於小島內部，服務於國家機器的小團體，服從上級長官，領導的指令，象徵最低層次「以番制番」的單位。彼時，凡被鄉黨部選中的青年男女，成爲日後每年的國定假日「表演」的劇團。

蘭嶼指揮部，如同台灣其他地區的軍營，「司令台」是不可缺少的建築空間。對國民黨而言，是內戰挫敗集體傷痕的延伸，以及醞釀提升（當時）反共的集體意識的舞台。然而，在蘭嶼「司令台」的意義是多元的，成員有國民黨、共產黨混合的軍人身分，以及台灣來的囚犯，還有在地的，一夜間忽然成為中華民國公民的達悟人。彼時，「山地文化工作隊」的另一功能，即是緩和軍人與囚犯在「反攻大陸」的緊張氣氛下，適時的成為一個這個機制下孕育的表演團體；對於在地的達悟人來說，單純的樂舞表演之背後，多數人是看表演，同時有了二元（大島與小島）的比較，而這個團體的主角，即是我大姊那一代的青少年美女。

「司令台」下的觀眾混合著軍人與囚犯們複雜的意念，夾著許多無限延長的幻想，每一隻舞曲的結束，換來震耳欲聾的掌聲，驚嚇了傳統墳墓裡長眠的祖靈，就在再次進行下一個節目之際，人群復歸於如夜一般的寧靜。表演中有結束的一幕，結束後人們又再次的期待下一個國定假日，反反覆覆的如波浪般的情緒，第一年青澀的少年美女，在鄉黨部主任的調教下，所謂二元（優與劣）的比較，逐漸浮現在那些少女們日常的行為，於是她們也漸漸的遠離了傳統生產與勞動的場域，國民黨的鄉黨部成了「山地文化工作隊」集會與成長的空間，許多故事於焉展開。

原載《自由副刊》，二〇〇四年一月二十一日

山地文化工作隊（二）

對於一個單純的，單一的島嶼民族而言，其集體之歷史與故事的延伸，自主性的走與自然環境節氣共生息的路的記憶，是在同質性的演進的軸線建構其文化的內涵，原初社會的政經體系，內在的親屬網路等等。此單一民族發展的內在機制，固然有所謂的「優」與「劣」、「高」與「低」的比較，做爲社會演進的競爭力，在「同質」的平台上彼此比較的，因此期間的差異或落差刻度是小的。就選擇配偶而言，就是一個很明顯的例子。

達悟族是雙系的社會，也是陸地與海洋同時做爲勞動與生產對象的民族，於是對任何事物的判準皆以「山海」的均衡作爲考量。退輔會進駐蘭嶼之後，蘭嶼指揮部透過鄉黨部的運作，成立了「山地文化服務隊」，並以女性爲成立的主要組員，在定期的節慶表演歌舞。某種觀點是，適時的「均衡」或「滿足」戰後餘生的官兵們的視覺感受。窮鄉僻壤的蘭嶼，當時年輕的達悟女子，對異民族的與本族的男性有了具體而顯明的比較。固然，在文化領域裡的解釋，所謂的「優」與「劣」、「高」與「低」的比較是偏見，但展現在「山地文化服務隊」的女性成員原初的視覺感官是外在的，如軍服與丁字褲、米飯與芋頭、皮鞋與赤腳等等的數不清的對異族男性的幻想。誠如筆者的大姊跟先父說，「我要吃饅頭，不要吃芋頭飛魚。」於是「山地文化服務隊」在數年之後，多數的女性組員成為「饅頭文化服從隊」嫁給漢族的外省老兵。

原初的相遇（結婚），對達悟的女性而言，選擇異族的男性作為終生伴侶的動機是單純的，依其女性本能的內在感受，追求及開拓本質相異的「幸福生活」，也何嘗不是理所當然兒的事呢。

三十幾年後的今天，我驗證了先父當時對大姊說的話，「別假借對漢族的好奇心，成為厭惡及疏離我們民族與島嶼的因素。」

「山地文化服務隊」的成立動機，並非是「原初的相遇」，而是當時的國民政府依據歷史「撫番政策」的統治伎倆，作為監視異議分子最下游的單位。而，如今已五六十歲的男性成員，依然忠誠於國民黨，成為我們「驅除惡靈」運動最沉默的一群。

假如要解釋回憶過去見過的歷史畫面之「原初的相遇」，是筆者透過大島與小島之間，相互省思作為動機的。

原載《自由副刊》，二〇〇四年二月四日

漢人過年的記憶

一九七〇年代以前，紅頭部落是蘭嶼島上外來統治者的行政中心，而蘭嶼指揮部就在此部落，是小島上最大的軍系行政機關，因而我的部落爲漢人最多的地方，比原部落的人口還多兩倍。

彼時，指揮部的監獄囚犯分爲兩種，一是在軍營犯罪而被撤銷士官職的，在小島上服勞役的士官兵，其囚衣蓋上「常員」（反攻大陸時仍要上戰場的常備兵），以此作爲區別台灣後住民閩客籍的戰後現行犯，囚衣背面蓋上的是「隊員」。因此，所謂的「常員」與「隊員」的囚衣，是我們這些生番學童辨別他們屬於比較好的壞人與比較壞的壞人最佳的標籤。

然而，無論是好的壞人或是比較壞的壞人，在我們達悟眼眶裡他們終究都是漢人，或是終究都是壞人。而，有漢人的地方就有漢人最大的節日——過年。我們從老師那兒得知，說，「漢人在過年的時候，罵人是禁忌，是不吉利的。」又說，「軍營的福利社、部落裡的雜貨店都將排滿許多免費的糖果之類的好東西。」因此，當族人逐漸明瞭過年的意義是，可以吃到免費的糖果，因而大大小小的男男女女往往就在除夕夜當晚不睡覺，即便是寒冷刮風下雨的壞日子，也要等到黎明的那一刻。而我們老一輩的族人認爲「過年」不好聽，不順口，所以改口說「mi kongkong si」（被恭喜恭喜之意）。就在除夕夜的前幾天，mi kongkong si成爲部落裡非常流行的達悟新詞語。

「早起的鳥兒有蟲吃」的道理不說也罷，在夜色逐漸退去的同時海平線也緩緩的燃起微光，這永不改變的輪替，在漢人來到我們島嶼之後，依舊如此，然而過年成爲了達悟人在冷清而荒涼的冬月裡一種新鮮的活動與新生的娛樂，以及逐年地注入新文明涵化原初文明的潛在元素。天剛破曉，雜貨店老闆與他的女人開啓吉利之門，雙雙手握著三炷香仰天祈福，祈求發大財，就在於此同時，生番男男女女如我們，通聲說道：「被恭喜恭喜、被恭喜恭喜。」來不及驚訝，眾人湧入店裡，千手百掌胡亂猛抓預先排放好的糖果，一秒鐘不到便清潔溜溜。店老闆又在驚魂未定之前眼睜睜的看著眾生番如訓練有素的軍人一同跑出店內，爭先恐後的，氣喘喘的又跑到指揮部的福利社，終究是漢人的過年，大年初一是不罵人的，說道：「被恭喜恭喜、被恭喜恭喜」後，生番如我們又再次的橫掃掠奪店內提供的免費物資。店內士官長面善心惡的說：「眞他××的，這群生番乘機掠奪報復。」

原載《自由副刊》，二〇〇四年二月十八日

漢人過年的記憶（二）

蘭嶼達悟族傳統曆法是，每三年閏年一次，簡單的說，我部落的飛魚招魚祭有兩年的時間，恰好是與漢族的大年初一同一天。而，傳統上，可以確認招魚祭是達悟人最神聖的祭儀活動，且猶過之於漢人過年的社會意義。因此，達悟人在當日也都以「新年新氣象」的心情迎接這一天。

島上原初的主人與後來的漢人，在相遇後的這一天，由於是雙方年度裡堪稱是最佳的節日，基本上面臨「新年」的情緒也頗爲相似。然而，最先居住在我們的島上的漢人，大都是大陸來的外省士官，以及台灣本地出產的囚犯，再來才是少數的軍公教人員、雜貨店老闆等等的。這些人對於原初的主人，基本上偏差的觀點是，我們落伍、野蠻，他們進步、文明。然而，存在於文化上的差異，尚不至於構成彼此間的嚴重衝突。畢竟，當時後來的漢人是「反攻大陸」，抱持著「過境」及相容的心態。

相異的民族，在大年初一，有相似的「新年新氣象」的心情。而達悟人聽聞，漢人在這些天「罵人」是禁忌，將招來橫禍。於是幾個部落不分老少男女的族人，來到監獄、軍營、雜貨店。總的來說，就是漢人客廳裡擺置的，當時對我們是「千奇百怪」的糖果類東西，況且他們的大門寫著許多我們看不懂的對聯。當我們經過他們的家屋，只要我們說「被恭喜恭喜」，他們也總是表露出煞似「喜悅」的臉，也說「恭喜恭喜」。彼時，誰也顧不了某人是指揮官、老闆等等的，說完「被恭喜恭喜」，客廳裡擺置的各式各樣的糖果，瞬間在我們百掌千指的「侵略」下，就連半邊的瓜子也不留，眞是「嚇壞」當時的漢人。「過年嘛，不可罵人啊！」成爲我們在過年時乘機搜括島上漢人「財物」的利器，他們也只有在「被恭喜恭喜」的喜氣氛圍裡忍氣吞聲。

我在小學期間與同學們經常直奔指揮官的客廳，說：「恭喜恭喜指揮官。」而後他握拳搖擺回應我們，接著又說：「指揮官，福利社的糖果沒有了。」他又再次的命令福利社的人員擺置糖果，當然也是瞬間被我們千指百掌一掃而空，「過年嘛，不可罵人啊！」於是我們在書本裡念到的「野蠻人」，正是被福利社的人員應用在我們身上，也才些些的體會到「野蠻人」的意義。

春分的飛魚季節，島上族人種植的地瓜葉，綠葉盈然地充滿在我們的田園，囚犯們趕著牛隻，吃盡我們的地瓜葉作爲過年時糖果被橫掃而空的代價。於是，島上的漢人在過年後，不但可以罵人揍人，還可以若無其事的踐踏我們原初的食物，原來這才是眞實的「野蠻人」，並以「國家武力」作爲後盾。

原載《自由副刊》，二○○四年三月三日

雜貨店

蘭嶼島上我居住的部落，從日據時代到國民政府，一直是外來異族登岸下錨的地方。依據部落耆老們的描述，在日據時代每當船隻從台灣來的時候，島上族人皆穿著藤盔藤甲，手中握著長矛槍蹲坐在海邊等待船隻的停泊下錨。彼時，族人觀賞機動船切風切浪的壯觀樣以外，心中期待的物件，即是鋁鍋、斧頭、鋤頭與鐮刀等等的，族人稱之keilamnai（讓人節省體力的工具）。

國民政府之後，台灣來的貨輪依然在我的部落停泊下錨，而讓人節省體力的工具不僅已經被普遍的使用，並且已逐漸的多元了。就在我出生的那一年，島上有了第一個雜貨店，我們稱之pananazangan（買賣東西的地方），俗稱某某雜貨店。

雜貨店擺設的東西，大部分以菸酒爲主，但經常缺的東西依然是讓人節省體力的工具，以及磨刀石。然而，商人終究是台灣來的商人，針對在地人的必要需求，從台灣引進許多廉價的消耗物資，藉著貨物運費抬高價錢，讓族人在物本身的價值上與品質上受到很深的屈辱。然而，爲了得到節省體力的勞動工具，也只有忍受與異族相遇後屈辱的刀痕。雜貨店除了賣東西外，同時也做起搜括在地有經濟交易價值的稀有動植物，如羅漢松、海芙蓉、蝴蝶蘭、珠光鳳蝶等等的，島上原初的物種。

一九六〇年初，爲了節省體力的勞動工具，爲了雜貨店裡的雜貨，許多雜貨店有意無意設下誘餌，爲了購買這些東西的金錢，小島上六個部落的族人，有三年的時間，瘋狂採集生長在礁岩峭壁上的海芙蓉。雜貨店老闆藉著貨船大量運送到台灣，之後海芙蓉便在我們的島嶼消失了。族人原來不曾思考過這些島上原初的稀有物種具有交換的經濟價值，在有了小額的收入之後，一時之間島上族人感受到比祖先富有了，刻畫在臉譜的喜氣，最後依舊爲了購買節省體力的勞動工具，小孩（包括我自己）爲了買糖果，金錢又回到雜貨店老闆的手裡，樂壞了他。相同的，羅漢松、蝴蝶蘭、珠光鳳蝶也都在雜貨店完成交易，從此從我們島上消聲絕跡了。

雜貨店引進便利的勞動工具，引進對外來物資的消費欲望，引進多金爲富有的價值觀，搜括殆盡我們島上原初的稀有物種，在他們富有了之後遠離了我們的島嶼，留下短暫的小額收入給族人的同時，留下雜貨背後的垃圾，留給了族人未來逐漸邁向眞正貧窮的命運。最後少數族人也學會了開設雜貨店，心思也複雜了起來。

原載《自由副刊》，二〇〇四年三月三十一日

雜貨店（二）

部落裡的雜貨店像蒼蠅似的吸引島上所有的人，有原始人也有文明人，有軍人也有囚犯。給我印象最深刻的是，冬天難得來一次的運送物資的貨輪，當雜貨店門口排滿了台灣來的物資之後，人潮也紛紛從四面八方來光顧。

當一些族人買了可以節省勞動力的工具之後，族人便鮮少再次光顧雜貨店了。然而，雜貨店旁即是國民黨蘭嶼鄉黨部，成爲蘭嶼六〇年代外來漢人聚集的活動空間。雜貨店提供菸酒，鄉黨部開放空間，成爲一組一組外省老兵在冬天喝酒的地方，另一組的外省老兵則在雜貨店也喝酒，或打麻將。當然，白白胖胖台灣籍的老闆娘，不外乎也是這些人光顧雜貨店的主要目的。

我從學校老師得知，在中國大陸有國民黨與共產黨的戰爭，國民黨後來內戰失敗，戰後退守台灣，作爲日後準備「反攻大陸」的跳板。在雜貨店喝酒的老兵懊悔跑來台灣，更恨來到鳥不生蛋的蘭嶼島，而這些人對於當時的蔣中正更是恨在心頭口難開。

「這兒是蘭嶼，你們聰明就別罵國民黨吧。」老闆娘經常如此勸說那些共產黨員。也許命運眞的是在捉弄當時在蘭嶼的那些外省士官兵，經常在雜貨店鬼混的那些人，心境如雜貨那樣的令人不解他們心中的「苦難」，那些人也是我們在孩童時期原初目睹「酒醉」的樣態，那是恐懼他們多於同情。奇怪的是，那些少數的共產黨黨員，微醉時經常經過我念的小學，在畫了大陸地圖的牆壁邊躑躅片刻，爾後丟下×××的，彷彿許多的數不清抱怨只能藉著酒精嚎叫洩恨。然而，我們又經常的瞧見老闆娘衝出來安慰她那些顧客，此舉往往立即奏效，說，「留些口德，給自己生路。」

其次，在鄉黨部喝酒的那些國民黨黨員的士官兵，經常是藉著節慶與山地文化服務隊的女隊員聚會，喝醉時，與少數的共產黨黨員一前一後，壁壘分明的走向營區。也許是雜貨店賣的酒精在作祟，經常酒醉終究是會暴露身分的，或著說，暴露「站錯邊」身分。於是，在第二年的三、四月份，當氣候轉爲暖和的飛魚季節，台灣來的軍用補給船也就頻繁停泊在我的部落海灣，我們因而經常看見頭盔寫著「憲兵」的年輕軍人，開著吉普車巡邏。第二天的正午，我們彷彿知道，那些年輕憲兵來島上的目的，無論是兩槍，或是三槍劃破海洋寧靜，是結束那些暴露「站錯邊」身分的人的生命的聲音。雜貨店的老闆娘從黨部那兒得知已劃除所有「地雷」的時候，就結束了她的「興隆雜貨店」的生意，一九七一年回到台灣。此後，經常喝酒醉的一個人、二個人……逐漸由達悟人取代。

原載《自由副刊》，二〇〇四年四月十四日

原始林與囚犯

每年長達四個月（二月至六月）的飛魚季節，族人正忙碌於相關於飛魚的各項祭儀與海上漁撈的活動，因而男人把精力與時間全付出於此生產的過程中，相對於屬於自己，或是家族之林相林地既疏於照顧，就達悟人傳統之工作歲令而言，稱之「均衡分配」陸地與海洋的勞動和生產，換言之，在飛魚季節男人把勞務的重心放在海上的漁撈活動。

一九五八年起退輔會引進台灣的囚犯進駐蘭嶼之後，砍伐島上的原始林木也爲囚犯們服刑勞役的項目之一，作爲他們在島上各營區監獄炊火之需。蘭嶼島作爲台灣政府的統轄的領域，因此除了部落是傳統的聚落空間外，其餘的就是當時省政府所謂的「山地保留地」來統籌管理，再來就是退輔會依照自己所需，劃定與「山地保留地」的界線，在界線的外圍立水泥地標，標示出「蘭嶼農場用地」、「國防用地」等的未經達悟族人許可租賃的土地，行政機關透過他們認定的「合法」程序，成爲囚犯們在島上濫伐盜採的依據。

蘭嶼東南邊，也就是蘭嶼人稱的「鬼海」（漢人後來稱之天池）的原始林地，山溝盡是無數的上百年樹齡的台東番龍眼樹。當飛魚季節海上漁撈的活動結束後，男人轉移勞動的對象，開始整理林園林地。然而，從一九六〇年之後，很顯然負責盜採的少數囚犯，很有智慧的首先砍伐又直又長的，恰好一個人可以抱的龍眼樹。族人在一年、二年、三年期間忍受自己的財產（龍眼樹達悟人視為私有財產）任意被盜採。在過去族人的記憶裡，日本人由族人為他們採集自然乾枯的木材，過程中不至於發生彼此間敵視的對峙，然而輔導會進駐蘭嶼的同時，就發生了「土地」與「林木」成為國家原初的財產，在敢怒不敢言之中，部落流傳說，「支那中國隨時會以槍枝殺人」，於是這種記憶在老一輩的族人認為，日本人「高尚」，中國人「低賤」的二分法。

可是，族人納悶不解的是，這些台灣來的人，他們如何明瞭台東番龍眼樹是炊火的最上等燃材呢？這些「知識」從哪兒得知（達悟人以燻飛魚的煙與灰燼分類林木的等級）？

當部落的族人全副武裝集體的向輔導會抗議後，軍官懲罰盜採的囚犯時，說，「被人整理的林地裡的樹是上等材」（顯然這是正確的解釋）。

其實盜採族人原初林木財產的那些囚犯，他們是觸犯在台灣合法的「法」，但卻沒有觸犯在蘭嶼達悟人合法的「法」，因為他們砍伐的地目是「農場用地」、「國防用地」。後來的記憶裡，這也就是「國家核廢料貯存場」延續大島欺辱小島的本質。

原載《自由副刊》，二〇〇四年四月二十八日

輯三

蘭嶼，原始豐饒的島嶼？

我釣的這尾小鬼頭刀魚，是這艘「飛拉達悟號」第一尾的漁獲。我知道我的祖靈與我同行，因為他使得我在海上非常心安。

左圖：我在庫克群島國房東的家，房東及朋友為我餞行，旁邊的兩位友人是曾經去過夏威夷的在地航海家。
右頁：一條一條的魚乾，其中有鮪魚、浪人鰺 、梭魚，以及達悟人晾曬飛魚獨有的文化。

二〇〇四年，我獨力建造拼板船，也是我的第二條船。

蘭嶼，原始豐饒的島嶼？

熟悉海底生態的朋友都知道，淺海處大約二、三十公尺深的珊瑚礁區，由於是太陽能夠直接直射的海底，只要不是沙灘區域，珊瑚礁大都長得非常的綺麗耀眼，尤其是在三、四月份夜間產卵期間，恰是飛魚游經蘭嶼沿岸的時候，海底的世界成爲名副其實的螢光天堂。

環繞蘭嶼島嶼四周的沿海礁岸，大都是與海底的礁盤相接，不規則的礁岸有許多曲曲折折的海溝通到海底，於是淺海二、三十公尺的礁石區，在蘭嶼通常是魚類棲息的天堂。鹿角珊瑚、圖盤珊瑚、「千瘡百孔」的礁岩洞穴也正是海底熱帶魚的最愛。對蘭嶼達悟人而言，這些三五顏六色、嬌小亮麗、惹人愛慕的魚兒不曾存在於我們口述傳說的神話故事裡，所以這些小魚兒「活」得非常快樂，因爲它們不是在我們「吃」的魚類之內的食物，當然就沒有「原始經濟」的實用價值。

「原始豐饒的社會」其意義是在於千年來建構完整的社會組織，井然有序的生產網路，呼應著大自然一切脈動的節氣，大自然作爲「原始人」勞動與生產的對象，及孕育知識經濟的泉源。達悟人相信所有一切有生命的物種皆有「靈魂」的信仰，使得陸地與海裡的生態得以永續，賦予「神祕」的敬畏。

就讀大學期間，每一年的寒暑假都回家，部落裡一些潛水好手在白天或黑夜都喜歡帶我潛水，說我是他們在海裡的學生，不如說是他們的「工友」來得貼切。雖然如此，我也甘願，畢竟海裡的種種是我在學校課程終生修不到的「學分」。二十多年前，海裡的一切是那樣的純淨，夏天躺在十公尺深的珊瑚礁上，仰視如魚鱗鱗片的海面時，尚可感覺到陽光的熱度，而數不清且五彩繽紛的熱帶魚啄著我的頭髮，是我久久不想浮出海面呼吸，不想看到「你們」的最好理由。珊瑚礁上「千瘡百孔」的海底礁岩洞穴，便是這些魚類棲息的「海堂」。

曾幾何時，在八〇年代台灣「經濟奇蹟」的另一個奇蹟，即是「破壞海底生態」的惡行。當時，這些潛水好手，我海裡的老師成了台灣商人最廉價的海底勞工。台灣人教他們在海底最簡單的潛水意識，且不擔負任何的意外險，從簡陋的小船上打高壓空氣接風管，而後在海底狂捕熱帶魚賤賣給台灣的雇主。由於市場需求量快速成長，漁網捕撈速度慢，加上競爭激烈，於是改用「氰酸鉀」毒熱帶魚，魚不但被毒，熱帶魚棲息的珊瑚礁盤根也被氰酸鉀毒死，珊瑚樹因而大量死亡，淺海清澈的水質逐漸變乳白混濁，這正是珊瑚礁死亡、海底缺乏生物「光合作用」所致。

當當地人意識到「海底潛水」的高危險性之後，便放棄了「海底兇手」的工作，取而代之的是，來自台灣的竹筏船隊。竹筏船隊其唯一的目的就是大撈一筆，所以比我們當地人更爲殘暴千萬倍；他們不單瘋狂的毒，也瘋狂的濫用炸藥，炸死數量可觀的浮游魚群，炸碎底棲魚群賴以維生的珊瑚礁盤，如今全島的淺海區域無一處是完整的，可說是名副其實的千瘡百孔。

蘭嶼島「原始豐饒的海底」難再復原舊觀，除了核廢料廠外，這是我們達悟人的最痛。由於我是「潛水人」，經常在海裡遊蕩，有一次在海面親眼目睹，外來潛水夫使用漁網圈圍，方圓直徑約是二十公尺的鹿角珊瑚礁，然後用鐵杵擊碎所有的珊瑚，成長千年的鹿角珊瑚就這樣的在人爲的殘暴下毀於一旦。海面頓時乳白混濁，我捶胸擊心，眞想「一槍」斃他的命。

「原始豐饒的島嶼」——蘭嶼，在台灣政府的眼裡，說穿了即是一化外之島。

原載《台灣日報副刊》，二○○二年七月一日

蘭嶼國宅的現代化

一九七〇年代，台灣政府有鑑於蘭嶼島上的達悟原住民是半穴居的民族，是居住在底下的「原始人」，此不僅有損於國家之國際形象、國際地位，同時也希望提升達悟民族居住環境與生活品質，而以「一舉數得」何樂而不爲的心態，一夕之間剷平原來達悟民族，經過千年之環境評估與經驗累積所建築的傳統住屋，興建僅十多坪大的火柴盒型整齊劃一的國民住宅。此一改善「山地同胞」住屋空間的政策，當時被國民政府大肆宣揚爲來台後重大的「德政」之一。然而，這個偉大的「德政」卻變成了達悟民族在文化上的居住環境、空間思維徹底被壞、被解構的一場不可磨滅的噩夢。

噩夢般的國宅「德政」，二十年來已被文化界批評爲是「滅族」的政策，被達悟住民形容爲「飛魚烤箱」，但事實上無論如何，「德政」變成「惡靈」的同時，我們並沒有聽聞台灣政府相關於此惡質政策給予政治行爲道歉與對政策的重新思考，因而對台灣政府的「怨懟」隨之斧刻在達悟人錯愕無奈的臉上。政府之原住民政策是在延續錯誤，在不深入評估底下是善意錯誤延續刻意錯誤的政策。

事過境遷，「火柴盒國宅」畢竟不是經過千年之環境評估的智慧結晶，大自然的驗收是公正不阿的，嚴禁政客關說介入（雖然他們已把公帑迅速轉入私人荷包，騙了納稅人，滅了我們住屋之文化，卻永恆唾棄環境正義），不到十年光景，整齊劃一的國宅，成了千瘡百孔的違建。

一九九〇年代中期，達悟人主動出擊，要求政府重建海砂屋。達悟人站在打擊區，各個是太陽鍍黑的臉似是惡神。被海洋漂染的心卻是善良單純的；在台灣政府高高站在投手丘投出詭異多變的指叉下墜球，有人被三振出局，被高飛接殺，也有人安打上壘，少數人則高飛全壘打。

海砂屋重建的計畫與執行迄今已有七、八年的時間，其結果如何，我無意從單方面進行非理性的批判，而是透過此事件簡述現象，提供讀者無限開放的空間思考。

一棟海砂屋從破壞到重建，當時的省政府補助四十五萬。意思是，丟給你，看你如何重建。蘭嶼是離島地區，所有建材的基本需求，全仰賴台灣運輸。一棟二十坪達悟人認爲的現代化設施的國宅，四十五萬的重建經費勉強蓋到國宅結構的基本雛形，補助款用完即被三振，只好住在有殼無窗無電另類的海砂屋。安打上壘者，花掉所有的積蓄蓋完完整的一樓，或二樓，三樓，積蓄於是從負的開始要彌補到零之間的差額，辦法是離鄉背井，獨留靈魂守屋。幸好，部分達悟人韌性強，生產報族成為低收入戶，或以老人年金償還在台灣購買建材所背負的債務。至於韌性差的人，只好浪跡天涯，唱著心事誰人知。其次，適應現代化社會良好的全壘打者，就成為島上的「新貴階級」而唱著「你可以玩弄我，我也可以玩玩你……。」部落社會組織重新洗牌，親屬網絡、人際關係便以「新貴階級」為金字塔的核心，並逐漸深化在現代化的達悟部落。

國宅外觀與內部的空間設計，全以個人嗜好為主體，而以儲蓄多寡決定之。原來傳統住屋的空間，以島上現有的林木作建材，主屋內部三層的隔間是以飛魚汛期期間為魚撈漁團組織設計的，具體表現達悟海洋文化的社會內涵。然而，住屋國宅化後（現代化的本質），達悟民族與此網絡相關之整體文化便無痕跡的被切割抽離，似是堅硬的國宅，其實塑成了現代達悟文化悲劇的劇場。

原載《台灣日報副刊》，二〇〇二年七月十五日

逐漸消失的望海視野權

近幾年來，蘭嶼建築的國民住宅，其外觀之面貌，如從飛機凌空飛行島瞰，合著部落外圍綠意盎然的原始林，水芋梯田原來之地景，映入眼簾的景致是正在進行某種程度住屋形貌的現代化，比起二十年前獨樹一格的景觀，給人有些難以言表的遺憾及感受，在現代與傳統間定義「合理」的居住空間之尺度，似乎就是現代與傳統的矛盾與衝突的衍生劇場，說來也就是達悟人現在的如海浪般性格的眞實寫照。

如今外觀的現代化與多變，何嘗不是內部空間的多樣化呢？於是，從外地回來的族人無一不認爲，我們已脫離過去的歷史和外地人所形容——「住在地底的人」的形象，都市式住宅使島上族人擁有現代化的設施，不缺一物。在外多年奮鬥賺錢，爲的就是有一棟現代化的有別於祖先的房屋。

現代化的另一意涵即是便利，而便利也是「依賴」的具體表徵，「依賴」生活所需的必需品，就得追求金錢，離鄉背井，遠離親人。這種現代化對部落民族進行無限制的「社會拉力」，及部落社會的發展無法提供、滿足新生代多樣化的需求，在個人完成住屋的殼子後，只成了雁兒歸去「避寒」的原鄉。何時歸來，也成為我們新生代的族人最難以回答，最不想面對的課題。

島上部落原有的傳統住屋，從歷史的角度來看，已扮演完成其過去所賦與部落住屋文化的社會意義。原來茅草屋頂取之於荒涼的草地，看來是再適合不過了，而四面無壁的涼台作爲休息望海之用，挖地建屋爲了逃避颱風肆虐，地下排水順著斜面地勢自然排放，屋院也作爲招待賓客之用，一切傳統住屋的功能，無一不在延伸及延續達悟民族與海洋之間的親密關係，彼時，沒有任何一家有權力阻擋後方家屋望海的視野權。

海洋是電視劇場，出海的勇士是演員，太陽、月亮是劇場的導演，人們坐在屋院觀賞天空、聽濤聲，祖先的故事就這樣被代代相傳，無論是眞是假並不重要，重要的是，故事背後被傳播的眞理，正反映著達悟民族之個人主義是在自然環境長期孕育下被塑模的，此個人主義則不同於現在所進行的某種意義的「權力」、「錢力」的展現與競爭力。此等現代化的「力」滲入部落社會內部運作，在重建國宅的同時，如水電工、板模工、水泥工、運輸砂石等建築初級行業的技術工，都成爲國宅重建的基本需求，以及新興技術性行業。過去除了勞工互換外，傳統觀念的時間計算，概以上午、下午為準，現今則以時間刻度計算工資，就在雇工與付費的同時，也戳破了傳統勞動互換、共享友誼的人際網路，遠的變近了，親屬近的關係逐漸疏離；而親屬間的熱絡在「職業」被定義為付費的意義後，部落的耆老也只好把慶祝新屋落成的甜美詩歌轉換為深夜自吟的悲歌。

國宅重建的部落新面貌，傳統屋退居為陪襯，而後便成為我達悟民族的歷史的記憶。它們其實已構成我民族與海洋之間的臍帶關係，歌誦著取自於大自然的辛勞，一如我們讚美婦女上山採芋頭、海上勇士捕撈飛魚的甘甜，每一件事物在部落內部的劇場皆表現平等與對稱，和諧與次序。

住屋的文化是展現與實踐住民的生活與思維，及人觀的場域。對達悟人而言，此刻正在劇變，但往往是在不知不覺中進行的，我們固然看見蘭嶼島上的國宅，在地景的視覺上表現得非常不協調，也破壞了住在後邊住家們的「望海視野權」，處在不同價值觀下的人們有許多的無奈，也有不同的詮釋。但整體說來，蘭嶼島上國宅的建築還是沒有經過「大腦」，去進行「田調評估」、「溝通協商」之重度破壞的惡質政策。

原載《台灣日報副刊》，二〇〇二年七月二十九日

達悟的水世界

自從蘭嶼達悟族被外地人，或者說是漢人，初步踏上我們的島嶼，開始明瞭我們對魚的認知，而後說達悟人把魚分類成「女人魚」、「男人魚」，以及「老人魚」等等。起初以爲，如此從另一種語言，定義我們對魚的認知與分類，還以爲是正確的「語意」，且從被分類之後，便延續了三十餘年錯誤的觀念。這句話怎麼說呢？

我以爲，當外地人問我們，說：「這是什麼魚？」我們的老人家會回答說：「oyud」，被小學時期中文不好的我們翻譯爲「女人魚」，rahet是「男人魚」，而angsa則是「老人魚」等等，以訛傳訛，時間久了之後，謬誤竟成爲眞理。然而，實際上的語意解釋是，oyud是屬於女人吃的魚類，但並非全屬於「雌性」魚類。畢竟，女人吃的魚類也有「雄性」的，而男人吃的魚類也有「雌性」的。水世界永恒存在的眞理是，「雄性」與「雌性」是平等共生的，絕無第三種「陰陽性」的魚。

大致來說，女人吃的魚類泰半在達悟人原始的「視覺色澤」的審美觀所賦予的文化意涵，是屬於「五彩繽紛」的，在綺麗的水世界是「高貴優雅」的，外貌符合我們對魚類賦予「漂亮」的基本條件，此屬於女人吃的魚，象徵女人的美麗、嬌柔與慈母的形象。魚在淺海、近海、深海的水世界，達悟人又將之分成高、中、低的「階級」屬性，小女孩、孕婦、一般婦女、祖母級，皆有顯著的區別，特別是孕婦，嚴格分類孕婦（律己）所吃的魚類，如嬌小鮮美，色澤亮麗，油脂豐富等，孕婦食無禁忌，不必嚴守吃魚的生態次序（社會倫理），這在於避免生出畸形兒（惡靈象徵），令家族無地自容。因而從女人吃的魚類反映達悟社會文化的本質是「尊敬」女性，但並非是「女尊男卑」。

吃的魚被達悟人分類出「階級」屬性，也反映在「年歲」上，漢語有句話說「歲月催人老」，我們的話說「屬於夕陽的人」。所以，某些老（男）人吃的魚類就沒有嚴謹的分類；然而，祖母級的婦女，終其一生是不可吃男人吃的魚，但祖父級的老人皆可吃我們認知的水世界裡可以吃的魚。這亦爲評判男人在海的上下一生的魚撈能力，建立男人們的社會地位的基本要素。

水世界是達悟男人天生的白晝黑夜之競技場域。海的波濤洶湧象徵男人的粗獷與堅韌，海的平靜是男人的溫柔與顧家的意涵。在我們島嶼的文化，我們流傳已久的眞理是，比喻婦女水芋田裡的芋頭，如同男人在汪洋的飛魚；海洋化做水芋田，芋頭等於飛魚，男性與女性共生連結的潮汐關係是相互尊敬與平等的原始自然法則。島嶼與海洋因爲日與月的磁場，有了潮汐的律動；而不斷變化和擺動的環境，正是水世界所有生物的羅盤。達悟男人累積祖先的經驗和知識透過日月潮汐的律動認識海裡的魚類，把魚腥味濃的、醜的、色澤黑的送給屬於夕陽的老人，但又給老人一項吃的權利——可以吃所有可吃的海鮮貝類。嬌柔與慈母的女性形象，是女人吃的魚的本質與外貌；男人吃的魚是粗獷與堅韌，外加「醜」的長相。達悟民族分類魚，「吃魚」的行爲，反映在達悟文化的具體意義是建立社會的「次序」與「平等」，進而以餽贈的交易禮俗實踐食物爲「共享」的原點。

原載《台灣日報副刊》，二〇〇二年八月十二日

達悟族吃魚的文化

依據達悟民族口傳之始祖傳說故事，長久以來達悟分類魚，及「吃魚」的習俗，反映在達悟文化的具體意義是，建立整體社會的「次序」，而傳說故事的眞諦不在於探討故事的「眞」與「假」，而是食物作爲人「吃」的對象時，即是建立了「吃」的「次序」的文化。這是探討魚類在「吃」的意義，轉換成現代人的說法，但並非深植於多數人內心的「生態觀」。達悟人的祖先透過長期觀察月亮的盈虧與潮汐變化的直接關係，觀察到礁岩棲息魚類的繁殖是有週期性時，於是藉著飛魚的神話故事建立「吃」的「次序」與「吃」的「禁忌」，而「次序」與「禁忌」的眞諦在於讓海洋生物得有機會喘息，達悟人的說法是，讓海裡的物種有機會休息，就像人類一樣也必須被賦予「休息」的權利，這也是達悟人爲何把一年分爲三季：飛魚季節（春季）、飛魚結束的季節（夏秋季）、飛魚來臨的季節（秋冬）的意義所在。

飛魚季節只能捕撈飛魚，船舟浮釣尾隨飛魚魚群之大尾魚類，在四個月的時間嚴禁鉛垂沉底垂釣礁岩的底棲魚；當飛魚季節結束後，同樣的，嚴禁捕撈飛魚，彼時漁撈的對象轉換成淺海或深海的五顏六色的礁岩底棲魚。這種觀念與習俗，正是達悟人海洋文化的核心。因而，大海作爲達悟人生產的場域，魚類作爲捕撈的對象，而後衍生的達悟民族部落社會的共享與和諧機制，同時將魚分成「可食」與「不可食」、「高級魚」與「低等魚」的概念，也絕非建基在魚的「好吃」與「不好吃」，而是直接反映「魚類」在傳統達悟社會的文化意義。在達悟魚精靈的神話故事，除了某些屬於魚精靈的魚以外，還區分聰明的（高級）、愚笨（低級）的魚，急流海域區、一般海域區。如此之區分，從男人漁撈行爲來論，即是男人累積個人的社會地位之基礎。如何判定呢？當然就是從個人長久以來曬在屋院的魚乾爲鐵證。簡言之，漁撈能力佳的男人，毋須自我吹噓，因爲曬在屋院的魚乾，其另一功能就是傳播媒介，魚乾被欣賞的同時，就是已經證明某個男人在汪洋上的生產能力。

在這裡我無意談論如此嚴肅的議題，換個一般讀者能夠理解的角度來說，如一般人認爲「很好吃」的，扁平的、腹部全白、雙目長在上方的比目魚，對達悟人而言，不在我們認定的魚類，不在我們視覺審美的標準之內，它可是奇醜無比，所以不是屬於「可食」的魚，吃這種魚的人，我們的說法是，他還算是「人」嗎？其次，海裡任何一種的海鰻，打死我們也不吃，好幾次，阿美族的朋友要跟我們借鍋煮海鰻，沒有一家敢借鍋子給他們，後來只好跟漢人借鍋子來煮，並共享之。但我們說，他們眞的不是「人」。

魚類除了吃的意義外，還必須符合我們視覺審美的標準，我們吃魚的標準，絕非在於魚肉的味覺享受，或者說是爲了以蛋白質補充營養之類的原因（其實我們根本不懂何謂蛋白質），達悟人吃魚，是吃魚在海裡的曼妙游姿，吃魚的漂亮，吃魚的聰明，吃魚的堅韌性格，吃魚的團結，吃魚在海裡的習性被我們賦予的文化意涵。

魚類在水世界自有他們生存的自然法則，達悟人以原始的認知，以文化認定吃魚的次序與方法，進而建構其部落民族的海洋文化，固然原始生產的技能簡陋，無法捕獲大量魚類，使得魚類的繁殖不會遭受威脅，更重要的是我們漁撈的活動，是建立在文化的層次上，非貨幣的交易行爲，被文明人如你們形容我們有高尚的、被學者專家說是最有「生態環保」觀念的民族，說穿了，我們其實根本就沒有「生態環保」的觀念，但深植於我們日常行爲的即是實踐從生態環境裡「知足」的哲理，當然這是從「簡單」的社會組織角度去解釋。達悟人依據祖先流傳下來與島嶼環境共生的經驗知識，在當今高度文明的現代社會，確實提供最佳的「生態環保」觀念。

女人「吃」的、男人「吃」的、老人「吃」的、孕婦「吃」的魚，全是在「吃」的文化，在「吃」的環境，這是我們達悟人的觀念。這應該也是所謂凡事追求次序，漢人所說的「倫理」吧！

原載《台灣日報副刊》，二〇〇二年八月二十六日

原住民研究者的告白

人類學一直是我很模糊的興趣，在進入清華大學人類學研究所之前。入學之後依舊很模糊，就像孩子們的祖父母質疑的問我說：「『書』有什麼好念的，不會造船，不會捕魚，不會觀察洋流潮水，不會記憶夜間月亮名稱及象徵的意義，不會開墾種植水芋等等，有甚麼用處啊！孩子。」

「『書』有什麼好念的？」這句話在我們的語言之涵義，在本質論者與形式論者的辯證中，前者永恆是勝利者。直接的說詞是，體力的「勞動」才是達悟人的本質，「說與實踐」必須成正比，說到做到，做完才說的一體兩面之觀念。「是的，我究竟想要從『書』裡知道什麼？」念書的意義何在！是他們質疑我的核心所在，我想。

大自然作爲部落耆老們勞動生產的對象，及驗證自身存在的本質，好長的一段時間，我觀察、我參與、我學習、我實踐，最終我體認到，一切生產的目的，透過勞動建立人與人的對話，實踐與大自然對話時的虔誠。這正是部落民族原初的經濟概念。

一九八九年我剛回部落的時候，本民族的一切事務盡是模糊的興趣，有許多的事件在「遊子回鄉」時被震撼。首先是「papataw」（小船招漁祭：白天釣飛魚、釣鬼頭刀魚的月份，大約在四月，維持兩個月，直到飛魚捕撈結束爲止）後的第二天，部落裡三十幾艘一人船，在天剛破曉時分，不規則的排列在部落灘頭上的潮間帶，所有出海的男人默默靜坐在自己的船邊，由潮間帶延伸海平線的望海，在等候部落裡其他將出海的男人的同時，我注視著每一位的眼神，始終就是不能穿透他們的心海在想些什麼！俟出海船隊到齊，由船隊中最年長的人，首先切破晨光海面的寧靜，而後其他船隻方井然有序的尾隨。此景看在眼裡是神聖而嚴肅，令人感動的一幕，宛如大海是這群「原始人」敬畏的「眞實教堂」。在出海前等候其他人之同時，我察覺到，在灘頭說話的語氣遠比在部落裡談天來的謙遜，多了溫柔少了語意嘲諷相對；這是因爲大海中的飛魚之關係，人與人之間相互尊重原生於對汪洋大海之敬畏的信仰，在晨光漸明的此時段顯露，感覺很深的溫馨。然而，什麼是飛魚呢？此時，觀察者（研究者）又如何把瞬間即逝的情景及感受，敘述轉換成「知識性」的論述？

「書有什麼好念！」也許我的兩位老人家不知道「書」是什麼吧！他們只對書本裡的照片有「差異」的興趣，無論是本民族的照片或其他部落民族的，但對於文字敘述的內容猶如對西方宗教的「上帝」的認識是那樣的「不可理喻」。母親說：「水芋田是他的教室，水芋是她的指導教授。」父親說：「他的書就是每一波的浪頭。」我以為，這是事實。然而，如何把部落族人認為的教室，認為的書牘轉換成學術論述，或知識系統？如此之感受無限困擾我。

究竟「田野」的紀錄、調查，轉譯成「文字」敘述的「碩文論文」，能否貼切的呈現部落民族內在世界的思維！在研究的這兩年，多多少少閱讀了一些國內外之民族誌，作者們撰述「田野調查」時的第一手資料，無論田調時間幾年，無論是碩論、博論或研究報告，我們皆可理解研究者是否認眞撰寫其所見所聞之內涵（事實上，認眞撰寫的著作是很難被淘汰的）。在人類學界，我們或多也或少的都知道那些可敬的前輩們，留下的經典名著。然而，我同時也質疑人類學究竟要幹什麼？究竟要傳播什麼樣的知識系統？

有許多關心我的朋友經常問我：「嘿，夏曼，你不用念啦，你本身就是人類學，人類學家啊！」「是的，大家都是人類學啊，然而，你是酒吧人類學啊！」我回道，也誠如我父母親一樣的困惑，「書有什麼好念啊！」原來對人類學模糊的興趣，在初步進入此領域後更加的朦朧了。身為原住民，自己研究探索自己的母體文化，一種奇怪的疏離感常常湧上心海，眼前所見的一切彷彿不再「正常」、「自然」。在蘭嶼島上，海洋並沒有因為航空的發展而變得更為寧靜，一種「古文明」尚未結束前，另一種新的文明便悄然開啓無限深邃的扇窗……。

原載《台灣日報副刊》，二〇〇二年九月七日

原住民研究者的告白（二）

從日據時代起迄今，人類學家在蘭嶼島的研究累積了許多珍貴的資料與論文報告，無論從哪個角度去閱讀，參考，我以爲在人類學理論發展的過程中，至少達成了達悟族歷史階段性的「論述任務」。對於大部分不諳達悟語的研究者而言，誠屬難得；諸如陳玉美女士論文的報告，論述到達悟族各部落面海背山的空間概念，她認爲達悟人以部落灘頭的近海處區分左右遠近的空間概念，我以爲此不僅是有別於前人的報告，也確實是屬於她的「創新」、「發現」。當然，相同的說法是，美洲大陸（新大陸）在一四九二年發現哥倫布。

在台灣，研究者到異鄉做異民族的田野調查，難說不略帶某種程度的主觀、偏見與本身探討的「旨趣」（泰半格局不大）。近年來，關心自己民族文化的新生代，逐漸意識到「求知」的必要，而紛紛的執起書本，參閱相關於本民族之研究著作。這些新生代的族人，包括許多台灣原住民的朋友也無不認爲外來研究者「不理解」本民族的種種，在「論述」時總是給人這樣的感受——皮毛的，抓不到重點，或者說是過分的詮釋；另一方面，某種程度上達悟的族人同樣的也「不理解」漢字建構論述的語意系統與探討的「旨趣」，當然，兩者間的「認知落差」是源自磁鐵原理。在地者為「文化」的實踐「破壞」者，外來研究者是異「文化」的論述者，或象徵某種知識權力的「土著報導人」（native informant）。此時，我以為我很多「邊」都不是「人」，只好當孤獨的「深海獵人」。

在未進入清大人類所就讀前，在部落生活了十來年。從夜間徒手潛水學習到沉迷於白天與部落的長者共同潛水射魚；從黑夜的大海開始，逐漸為自己剝掉心海裡如魚鱗般對大海的恐懼陰影，成長到成為孤獨的近似職業性（無關金錢）的潛水伕，期間就教於這些一生都耗在海裡、海上的長輩們，從他們的經驗、知識認識魚的分類及其在達悟文化內涵的象徵意義外，他們也教育我在海裡體驗 wawa（有生命的海洋）是具有「人性」的一面。當大伯、家父不再是海裡與海上的生產者，退居為海洋觀賞者與消費者後，他們掛在嘴邊的話語是，「會造船的男人是有生命的男人」、「男人的飛魚就如女人的芋頭等同價值」，為此我建造了一艘傳統船，彼時方體悟出有山神樹靈存在的達悟信仰，如同汪洋賦與神祕，賦與人性（是宗教觀，也是生態觀），及人在自然環境裡的渺小。說到此，文人相輕、同行「人類學家」相斥，應丟到大海，方體悟自己不是「人」。

部落的耆老如刀刻斧砍般的臉紋，隱藏對自然萬物的「原始信仰」，尤其是他們的海洋觀。此景此刻，薄暮的雲彩不再爲他們的人生彩繪，湛藍的汪洋不再爲他們的人生拍岸喝采，山林樹神難再聽聞祝福祂們的禱詞，飛魚已不再低空凌飛邀約他們相見在海上。所有耆老們腦海記憶的一切，已迅速飛逝。但我仍以這篇文字獻給島上我最尊敬的長輩們——是他們讓我感受、體驗有生命的海洋，及有生命的自然人。

原載《台灣日報副刊》，二〇〇二年九月二十日

好好走我們自己的路

一個原住民作家對原住民運動的省思

十月二十五日，蘭嶼雅美（達悟）族選擇台灣光復節這一天，正式向外界宣布民族議會籌備會的成立，宣示要走我們要走的路，企圖追求民族的集體政治人格，採取最適合自己民族的政治模式，建構「自治政府」的願景。而在隔一天，「二〇二六歸還傳統領域」街頭運動，恰是一九八〇年代中期「還我土地」的再版。不同的是，運動的領導群換了另一批新人，口號改成了「反馬告國家公園」等等。這兩件事情讓人不得不靜下心來重新思考原住民民族運動的策略。

一九八〇年代初期，台灣原住民運動受當時在野民主運動的啓發也開始萌芽，近二十年的努力，無非不在追求泛原住民族的集體政治人格。然而，時至今日，舊政府已經換成新政府，我們原住民的政治運動卻仍停留在街頭的「吶喊團結」，尚未從「街頭戰場」轉換至與新政府坐在「平台」上，展開實質的自治談判。台灣的民主政治運動已從全國性政治領導權的爭奪，逐漸邁向以地方知識分子爲主的基層社區民主之營造，這時候我們原住民族的政治人物卻仍然無法跳脫傳統權利意識與悲情訴求，沉靜下來在各族群內部從事民族智慧的啓蒙，建立族群共同體，尋找族群自治的新機制與新模式。試問一句，如果今天新政府不只是跟我們簽訂一紙約定而已，而是要把傳統領域、自然主權和自治政府全還給我們，我們族人是否已經準備好接手？誰來接手？是立法委員？是山地鄉鄉長？是行政院原住民委員會？或是傳統的政治領袖？各族的政治菁英？遠的不談，蘭嶼達悟族和泰雅族群之間如何形成共識機制？

蘭嶼人已經走向實質自治的第一步，在充分建立族群內部的共識與民族議會的正當性之後，我們已經準備與中央政府展開談判，接手自己的自治權。然而，其他各族都準備好了嗎？我們也準備好與其他各族展開民主協商，尋求原住民各族的統一戰線。但我們要跟誰談？是與立法委員？或是各鄉鄉長？他們都像達悟族一樣具備了族群代表的正當性嗎？這些都不是在質疑什麼，而是在提醒原住民族一旦嚴肅地想要眞正的自治，就不得不虛心反省的一些問題。

現任蘭嶼鄉鄉長周貴光先生在民族議會籌備會之後表示，達悟族菁英都體認到現有傳統行政體系，如台東縣政府、蘭嶼鄉公所、蘭嶼鄉代會等等，向來即無法獲得全體鄉民之共識，也無法解決島上整體困境。要跳脫目前這種外來從上而下的政治體制，只有透過「民族議會」一途。蘭嶼「民族議會」成員包括族內各階層所有意見領袖，周鄉長明確表明，其現有鄉長頭銜僅是個人政治生涯短暫的光環，為了追求民族的和諧與集體權益，他願意在過渡期間遵從民族議會的共識，做為推動蘭嶼公共事務的指導原則。其他族群的領袖與政治人物若能像這樣有遠見地拋開個人的權位欲望，原住民的自治才可能達到。

原住民族群各有其政治與社會傳統，在形成自治組織的過程中有可能需要因地因族制宜。蘭嶼向來沒有正式的政治組織，也無部落或族群領袖，這也是為何我們採取集體領導和輪流主政模式的原因。因為全族人口不過三千多人，我們認為可以走向雅典式的全民民主制。但是像排灣族和魯凱族早有貴族制度，卑南族的政治領袖人才輩出，阿美族年齡組織是其特色，鄒族和布農族則是有比漢人更嚴謹的宗族氏族制度，泰雅族的宗教祭祀團體是最原型社會中心。這些差異不只是各族之間彼此不熟，更難期待漢人政府越俎代庖。有的族群人口數十萬，有的不過數千。有些族群內部又分成亞群或亞族，中間更隔了好幾座山河。要克服這種環境，我們需要更高的智慧與耐心，更多的耐力與愛心，否則到頭來或許只能藉助米酒與抗爭來澆愁、發洩。我們知道抗爭有其時代性與必要性，但二十年來的抗爭如果還是停留在原點，這就成了漢人賜給我們的鴉片與嗎啡了。難道這是原住民族宿命的不歸路？

蘭嶼民族議會成立之後，我們將擁有一個具備正當性的全民政治共同體，展現民族的主體意識。然後，我們會要求立法院趕快給我們的民族議會代表一個席位，至少為我們設立一個觀察員。我們將與行政院展開協商，希望移轉蘭嶼的傳統領域與自然主權，共同保護蘭嶼的自然資源和海域。民族議會未來也將在台東和台北設立辦事處處理旅客入境蘭嶼的事務。我們將逐步收回失去主導蘭嶼的各種權利，包括文化的產業，土地的利用與商業的經營。我們不僅要嚴肅談判有關核廢料的處理方式與時程，我們也要實現非核家園從蘭嶼開始的理想。當然我們也會尊重中央政府的合理條件，善盡我們族人的義務。我們的理想也不只是在實現族人的願望，也是在為泛原住民族，這個國家和全人類尋求最佳的社會生活方式。希望我所有原住民族的朋友與漢人政府與我們共同努力！

原載《中時時論廣場》，二〇〇二年十月三十一日

均衡在山與海的想像

達悟民族的保育觀念

保育的觀念是二次戰後，多數的文明人掛在嘴邊最爲流行的詞彙，也是最難於實踐的行爲；因爲，自然生態的生長環境在荒野的大海與山林，而不是生長在都市叢林裡燈火通明的高樓大廈裡。優點是，全世界生活在都會裡數不清的人類，以「愛和和平」想像禮遇原初生長在荒野裡一切有生命的物種。缺點是，來自於大自然一切有機的元素，透過人的智慧提煉出創造更多幸福與文明，便利的贋品丟棄到荒野，就是破壞生態永續的禍首。

世居在蘭嶼島上的達悟民族，是台灣原住民族裡人口最少的，島上共有六個部落，人口約莫三千四百人，散居在河溪沖積扇，沿岸邊的狹小台地。達悟民族從未有過「生態保育」

的觀念，在我們的語言也沒有這樣的詞彙。縱然如此，達悟人以儀式祭典，實踐與延續人與生態物種間的均衡共存的宇宙觀。以下，我以達悟人的儀式魚類與非儀式性魚類的文化，淺述我們對自然生態的均衡與和平共存的文化。

儀式性魚類：飛魚與浮游性的大魚

達悟人把一年分爲三個季節，每個季節大致又分爲四個月。一，飛魚季節（rayon，從二月（半）到六月（半）），二，飛魚漁撈結束的季節（teiteika，六月到十月），三，飛魚將來臨的季節（十月到翌年的一月）。飛魚季節又分別在首月與第三個月的初一日，舉行兩次的招魚儀式。首月的招魚儀式稱 manawag so among no rayon（原初招魚儀式），是部落的十人或八人的魚團船組（以父系血親爲首的家族）的儀式，是所有部落男子皆要參與的活動。當十人或是八人船舟夜航以火炬掬網爲漁撈的工具，首航所捕獲的飛魚，非得在當日吃完，作爲感恩於天神與飛魚神恩賜儀式之用，於是這個月所有的漁獲，必須在這個月內吃完。

儀式禱詞，例如：

我們虔敬的食用／你　天神恩賜於我們的食物／但願我們虔誠的信仰／是我們從你那兒獲得／如泉水般豐腴的食物／永續在我們的島嶼

其次，飛魚季節首月漁獲，不得過量漁撈，就流傳在達悟社會裡的飛魚的故事而言，這個月的飛魚是以火把、掬網撈的飛魚，象徵神聖，所以就不含括在後來飛魚漁撈結束後，作爲人們彼此間「勞動交易」的物品。因而，這個月「漁獲過量」是禁忌。這是文化的解釋，而非生態永續解釋文化的儀式行爲。

第三個月的招魚儀式，以核心家庭爲單位，也就是單人船的招魚儀式。儀式後的半個月，夜航捕撈飛魚即可盡其所能所需捕飛魚，因爲這個月的漁獲量，在飛魚季節結束後的夏天的首月，達悟人稱之爲「美麗的月」、「豐腴的月」，是男性的飛魚乾，與婦女的地瓜芋頭，親友間相互餽贈相同食物的意義，在於彼此分享這期間的勞力所得，交換及延續，鞏固情誼。爲此，「美麗的月」島嶼人文縈繞在食物「均衡豐腴」的氣氛裡。

其次，凡與飛魚神話故事有關聯的浮游大魚，在達悟人捕獲的同時，如鬼頭刀魚、鮪魚類科、梭魚類科、鰺魚類科等等的，我們都必須以銀帽、金飾（男女）、血祭竹（沾了牲禮祭品的竹子）行祝福祈福的儀式，我們稱之among do rayon（儀式性的魚類），因那些魚類是我們天神恩賜於我們的。

飛魚季節結束後的八個月，達悟人漁撈或是獵捕的魚類，轉換成棲息在海底的稱之among do kazazawangan（底棲魚類）。於是，這個季節達悟人淨在近海、外海發揮其所長，抓五顏六色的底棲魚類。捕到飛魚必須放生；相同的，在飛魚季節，達悟人禁止抓底棲魚類，這是達悟文化，食物「均衡豐腴」的解釋，而不是以自然生態解釋人文生態的觀念。

非儀式性魚類：底棲魚類

飛魚季節結束，是解除「禁忌文化」的季節。換句話說，凡是棲息在近海或是外海深海礁石上的魚類，我們達悟人不以銀帽、金飾（男女）、血祭竹舉行儀式的魚類，海裡的原住民魚，不是天神特別恩賜予的魚類，稱非儀式性魚類：底棲魚類。

底棲魚類大致又可以分類爲，女人吃的魚（oyud）與男人吃的魚（rahet）兩大類。女人吃的魚泰半都比男人吃的魚來得色澤鮮豔華麗，肉質較細嫩（斑紋黑石斑），在水世界裡的游姿也確實比較優雅，依據經常潛水抓魚的男人的說法，說：「女人吃的魚比較聰明（如鸚歌魚）、漂亮（如紅石斑類科）；而男人吃的魚，顏色比較單調（如粗皮鯛），長相又比較醜，游姿不優美且笨（如剝皮魚），屬於海裡雜食性的魚類。」雖然這樣的評語不具有自然科學實驗的證明，但這是達悟人以經驗、神話故事等等典故的合理解釋。達悟男人無論從事何種的捕魚技能，內心裡一直存在的觀念是，在回家之前一定要有女人可以吃的海鮮，才會回家。

達悟人分類魚類，在我們認知食物的領域裡，海裡還有許多我們不吃的食物，那些食物不是不能吃，也不是有毒不可以吃，而是在我們魚類圖鑑的傳統知識裡，魚類在達悟文化是有階級的屬性，是達悟人從事海裡漁撈的經驗，從神話的典故賦與人文的解釋。譬如海鰻，一般人的認知是，它沒有魚鱗，肉裡沒有骨頭，可以大快朵頤；但，對達悟人來說，吃海鰻不是人，下三濫的人，因爲海鰻不是我們認知內可食的魚類，它的長相，它的肉，不存在於我們認知的魚型視覺美感，而文化的解釋，海鰻被歸類爲會攻擊人的惡靈。又如河豚，長得太醜所以不吃，並不是它有毒才不吃。

從達悟人的觀點來論，事實上，我們沒有生態保育的觀念，而是植根於達悟人的基本概念是，世間物種皆有靈的信仰，有靈魂的，就算是建屋造船的一棵樹，也要給予儀式禱詞的祝福。

總的來說，達悟人的泛靈信仰，儀式文化，其宗旨即是人文與自然生態均衡豐腴的觀念。

飛魚，飛吧！

五·四「驅除惡靈」運動的感想

一九五八年行政院退除役官兵輔導委員會在蘭嶼徵用了八十三筆土地，共計二〇四·一九公頃作爲農場用地，包括現在的國家「核廢貯存場」，但立在我們達悟族人的土地上的水泥界標稱之爲——國防用地。

一九五九年輔導委員會委交給警備總部職訓總隊代管，代管土地的經營權以及引進台灣的重刑犯，人數約計一千名左右。此後的二十年，他們目無法紀的橫行在我們的島嶼，姦淫我們的婦女，盜伐我們的林木，以牛隻踐踏我們賴以維生的旱田、水芋田等等不計其數的罪狀。他們在上午與下午唱「國歌」，遇見上山或下工的族人因爲聽不懂那是一首歌而沒有立正，當然我們不曾有過「立正」的習慣，便莫名的被軍人之藤鞭毒打。我們何辜之有？我們的族老萬分沉痛，徹底無奈的說：

「漢人比日本人看不見的惡靈恐怖千萬倍啊，孩子們。」

我如同所有戰後出生的達悟人一樣，身受當時教育制度的「折磨」，強灌在我們心靈的深處：漢族象徵一切的光明面，達悟文化是所有「罪惡」的根源，不漢化便背負著一生的「罪惡感」，每天上學的早晨勢必先向蔣中正遺像叩頭，象徵「感恩」與徹底臣服於他的統治。其次，更爲荒唐的是，全島所有國小的走廊則掛滿漢族歷史上「民族英雄」的畫像，教育我們以他們作爲一生追隨的標竿。事實上，漢族的「民族英雄」究竟與我達悟族人有何干係呢？與此同時，軍人、重刑犯者蓄意營造的附加於我們肉體的、心靈的恐懼則伴隨我們的童年成長，如今回憶起來，仍是餘悸猶存。

是的，就事實而言，漢人比看不見的惡靈恐怖千萬倍，台灣的政府徵用二〇四・一九公頃的土地，約占全島耕地面積七六三公頃的五分之一強。霸佔的同時，部落耆老們看著祖傳的芋田被夷爲平地，心猶如針頭刺心般的疼痛，以眼淚洗臉。族老們說，隨他們強占吧！因爲他們有槍，我們有的只是一個肉體，此道盡了我父執輩們對當時台灣政府鴨霸最無奈的一句話，如此的心痛也伴隨著他們的老化、凋零及死亡。但「惡靈」的折磨，並沒有因爲族老們相繼的辭世而淹沒在汪洋大海，反之，「惡靈」的浪頭尚無宣洩前，另一波更甚於前者的如巨魔無限擴張的嘴角隨著浪頭翻嚼胃腸，理直氣壯的嘔吐穢物在我達悟人黝黑而潔淨的肉體。我們又何辜之有啊！

一九七四年行政院決議把核能電廠的廢料運貯蘭嶼的同時，我們具體的觸覺到身爲弱勢民族的無奈！我們在深夜望著數不清而明亮的天空的眼睛，手掌貼著心臟問自己，說：「我們是人嗎？」我們脈動的心臟恰如海浪般的律動那樣的堅實，觸擊我們發燙的手掌。

一九八八年二月二十日的早晨，酷寒的東北季風夾著陣陣暴雨，這是千年以來我們的祖先庇祐我們對抗「惡靈」的血淚。我們發燙的手掌，憤怒的雙眼，男人穿戴「驅除惡靈」的盔甲，兵分東西二路聚集在我們全體族人的地獄，「惡靈」的天堂——核能廢料貯存場。

身爲當時的總指揮，我看著族人們一個個憤怒而無助的眼神，身穿藤甲，手持驅除惡靈的盾、長矛，對抗跨國性企業背後由國家武力撐腰的共犯結構，我問自己，說：「站起來吧！海洋的子民。這是永遠與『惡靈』戰鬥的開幕儀式。」

象徵「惡靈」的奴僕，無辜的一群人——鎮暴部隊披掛鎮壓良民的最現代化的攻防武器，雙方正面對峙，優劣形成強烈的對比。但是我們知道，他們不是我們眞正的敵人，眞正的敵人則是遠在天邊躲在某間冷氣房裡的一群白皮嫩肉，保有知識與權力的決策者及威脅我族人生命財產達三百年以上的核能廢料。終究，我們是高貴的部落民族，沒有幾個生命可以犧牲。我們遞交「驅除惡靈」初期抗爭的訴求：

㈠立刻取消核廢料第一貯存場第二期工程預算。㈡立刻編列核廢料貯存場遷移工程預算。㈢制定核廢料貯存場遷移蘭嶼之時間表。而非引爆與二百多位台灣來的鎮暴部隊的戰鬥。

一九八八年五月十九日，台灣電力公司書函答覆（副本：行政院原子能委員會）：

一、二期工程，係就我國核能發展既定計畫所規劃，為限蘭嶼貯存場區內設施工程之延續。依當初成本、使用效益，及現為紓解全國各核能設施產生之核燃料，在民國八十五年「最終處置」方案開始運作前，無論就投資成本、使用效益，以及仍須有安全貯存核廢料的空間，第二期工程實不宜取消，行政院原子能委員會物管處將就此項工程再與居民協調。

二、遷移工程預算之編列，俟最終處置方案定案後，即依政策執行。政府機構任何預算之編列，必須依已奉准之施政計畫，以及對該項施政作為之規劃評估依據，在上列各項完成後，定當尋行政作為程序編列預算。

三、現蘭嶼貯存場主管單位迄今尙無接獲任何「貯存場遷場」計畫之指示。現貯存壕溝核廢料之遷移於實施最終處置方案確定之後，該方案則必基於：㈠覓妥適當之場址，㈡與當地達成適當之協調溝通，㈢評估規劃後報請核准，㈣動工興建到啓用。

上述各項均須有充分時間作綿密計畫與執行，計畫順利推展下，定於民國八十五年開始

「最終處置」。物管處於規劃最終處置場亦將積極擬定遷移廢料計畫，以配合最終處置作業。

一九七二年，原子能委員會成立「技術評估小組」，默默實行「蘭嶼計畫」。蘭嶼作爲核廢料貯存場「被合理化」選擇的條件：一、遠離人口密集區，二、不污染地下水源及環境，三、運輸便利，四、有足夠五十年使用的面積，五、有利未來最終處置作業。

以上文字之內容及意涵，依一般人的基本常識去解讀，最貼切的結論是：一派胡言。這是一群政商官學等共犯結構實質的透過國家機制光明磊落的行使欺我滅族、欺瞞世人的愚人政策。

蘭嶼爲達悟民族的島嶼，而非蘭花的島嶼。自一九五八年後的二十年，當成「偏離的差異地點」用來安置台灣的重刑犯及不適任之教師、員警、公務員等「廢料」。一九八〇年代之後，蘭嶼又作爲一個觀光的幻想空間，被形容神祕的島嶼「幻想的差異地點」，住著一群住在地底的「土人」招攬觀光客，滿足他們的好奇心。五十多年來，我們被披上中華民國公民外衣之後，我們的族人與生存環境便籠罩在人爲蓄意營造的無限輻射的恐懼中，忍受著漢民族中心主義的歧視與次等國民的待遇。

自一九八八年以來，孤獨如我們不斷的用生命捍衛我們最愛的島嶼。我們發起無數次的抗爭，對抗仍在繼續說謊的財團及政權。五月一日核廢場「攻門事件」是甜蜜而溫柔的行爲，可恥的是，標榜以「非核家園」爲選舉訴求而後取得政權的新政府，卻封鎖了媒體正面報導我們抗爭的正當性，誠如國民黨時期的翻版。當然，我達悟民族的特質是，不屑一睹媒體所建構的畫面及論述，也不屑一讀對於我們的讚美與攻訐；終究，新聞是另類的垃圾，況且漢人自古以來，即是徹底不會「反思」的種族，以及很少尊重他族存在的本質。眞實的是，我們將繼續走下去。

「驅除惡靈」運動開幕以來，許多民進黨的人士、環保團體貼在達悟同胞的身邊，站在反核的同一陣線頂著冷風暴雨，共同嘶喊著：核廢料滾蛋！核廢料滾蛋！惡靈滾蛋！惡靈滾蛋！喊得我們的祖靈感動得出來庇祐他們的「眞情」永續，他們說：「核廢料的政策，就是國民黨的環境種族歧視的政策。」如此堅決的口號刺破了地獄門，此仍溫蘊在我達悟族人的耳根。二〇〇二年的五月四日，達悟人在問：「他們去了哪兒呢？」

他們正在草擬「己所不欲，勿施於人」的對策，以及推動「非核家園」的觀念，在台灣，幾位有良心的漢族朋友小聲的說。

總的來說，過去五十五年來，達悟民族承受了台灣政府的愚民政策，此固然是一直在延續的事實，但我達悟民族是不可能被擊敗的。

五月四日的情景，給我靈魂的感觸是，在一九八八年沒有民族意識覺醒的族人，此時業已心無顧忌的身穿男人的戰甲，勇敢的站了出來。「海哭地泣」是夏曼・豐安原（郭健平）與我送給這些朋友們的肺腑之言。對我而言，民族運動的真諦，並非是造就內部台面上政治人物表演的舞台，而是透過無數次的運動來凝聚集體性的民族意識的覺醒，集體珍惜共存共生的島嶼環境，用眞情彼此彌補長期以來不曾癒合的被繼續刺傷的傷口。婦女們、孩子們迷惘、惶恐的神情深深期待「進屋」談判的男人們帶來好消息，她們站在核廢場外廣場的第一線宛如甘甜的泉水，餵食降溫男人們如灼熱的陽光即將噴洩的怒氣，眞實的影幕看在我眼裡，是永永遠遠不可能刀削的記憶，雖然奮鬥的路依舊遙遠，但世上沒有比此刻的感受，感覺這條路走得更值得。

眞情即是民族運動的本質，最高尚的情操，更是戳破假借「民族運動」之名的投機分子的目的論之利器。這句話移到台灣本島，就沒有幾個人是可以讓我們值得尊敬的。

五月四日台灣政府的代表與我們達悟民族雙方簽署各一份「議定書」，此書達成六項決議，以及在行政院成立「遷場推動委員會」、「蘭嶼社區總體營造委員會」。

歷史的這一刻，我們能說的，只有希望台灣的政府終結自己所建立的「跳票理論」積極推動「非核家園」的政策；相對的，此後正也考驗著我達悟民族解讀台灣政府設計「騙局」的智慧。這是多麼遙遠遙遠的路啊！同胞們！

原載《中時人間副刊》，二〇〇二年五月二十一日

INK PUBLISHING 文學叢書 156

航海家的臉

作　　者　夏曼・藍波安
總 編 輯　初安民
責任編輯　施淑清
美術編輯　張薰芳
校　　對　施淑清　夏曼・藍波安

發 行 人　張書銘
出　　版　INK 印刻出版有限公司
台北縣中和市中正路 800 號 13 樓之 3
電話：02-22281626
傳眞：02-22281598
e-mail:ink.book@msa.hinet.net
網　　址　舒讀網 http://www.sudu.cc

法律顧問　巨鼎博達法律事務所
施竣中律師
總 代 理　成陽出版股份有限公司
電話：03-3589000（代表號）
傳眞：03-3556521
郵政劃撥　19000691 成陽出版股份有限公司
印　　刷　海王印刷事業股份有限公司

港澳總經銷　泛華發行代理有限公司
地　　址　香港新界將軍澳工業㈵駿昌街 7 號 2 樓
電　　話　(852) 2798 2220
傳　　眞　(852) 2796 5471
網　　址　www.gccd.com.hk

出版日期　2007 年 7 月　初版
2016 年 1 月 25 日　初版二刷
ISBN　978-986-6873-25-6

定價　200 元

國家圖書館出版品預行編目資料

航海家的臉 / 夏曼・藍波安著；
--初版，--臺北縣中和市：INK 印刻，
2007〔民 96〕面；　公分（文學叢書；156）
ISBN 978-986-6873-25-6（平裝）
1. 達悟族─文化

536.298　　96007301